魔力がないからと面倒事を押しつけられた私、次の仕事は公爵夫人らしいです

辺野夏子

ビーズログ文庫

CONTENTS

プロローグ …… 007

一章 解せない求婚 …… 021

二章 お仕事開始 …… 048

三章 一緒にお散歩を …… 098

四章 仕組まれた事故 …… 129

五章 脱走 …… 205

六章 謎解き、そして決別 …… 246

エピローグ …… 275

あとがき …… 287

魔力がないからと面倒事を押しつけられた私、次の仕事は公爵夫人らしいです

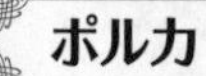

マーガスの愛竜。
勝ち気で
わがままな性格。

マーガス・フォン・ブラウニング

ブラウニング公爵家の次期公爵。
先の戦争では勝利に貢献した若き将軍。
祖父・ローランのもとへ嫁いできた
アルジェリータの前に現れる。

アルジェリータ・クラレンス

クラレンス伯爵家の令嬢。
魔力をわずかにしか持たないため、
家族に虐げられ“騎竜の里”に送り込まれた。
老公爵の後妻となるため、ブラウニング公爵家に
嫁がされることになったが……！？

人物紹介

セレーネ

グランジ王国の王女。
マーガスの
婚約者らしいが……。

ミューティ

ブラウニング家のメイド。
ラクティスの妹で、
好奇心旺盛。

ラクティス

ブラウニング家の使用人。
山岳の民族の出で、
御者や護衛をこなす。

ルシュカ・クラレンス

アルジェリータの妹。
王宮で治癒師として働く。

デリック・アシュベル

アルジェリータの
元婚約者。

ダグラス・フォンテン

フォンテン公爵家の令息。
戦地で行方不明になっている。

ウェルフィン

“騎竜の里”でアルジェリータが
世話をしていた老騎竜。

イラスト／秋鹿ユギリ

プロローグ

「おとなしくしててね」

そう声をかけると、騎竜は静かに首を下げた。手の平で短く硬い毛をかき分け、患部に手を当てて魔力を込めると、騎竜は気持ちよさそうに喉を鳴らして、目を細めた。

どうやら痛みは治まったようだ。

「はい。あとはお医者様に診てもらいましょうね」

満足した騎竜はゆっくりと踵を返し、放牧地の中心へと、のそのそ歩いていった。

グランジ王国をはじめとしたこの大陸に広く生息する野生の小型竜を家畜化、品種改良した種のうち、飛行せず草食動物のように走るものを『騎竜』と呼ぶ。

この国では何百年もの昔から竜を訓練し、それに騎乗し、野や山を駆け、共に暮らしてきた。

騎竜は相棒であり、財産であり、そして大地から賜った贈り物として、普通の家畜とは違う扱いを受けており、傷病や老衰等で職務を全うできなくなった竜たちはこの場所、通称「騎竜の里」で最後の時を過ごすために集まってくる。

彼らが大地に還るまでの間、お世話をするのが私の役目だ。

この国では、大地からの贈り物とされる騎竜の世話係は名誉であり、欠かすことのできない大切な職業として扱われている。けれど実態は生き物の面倒をみる、それだけだ。

朝は日が昇りきる前に起きて、一日中二本の足で騎竜の里を駆け回る。夏は焦げるように熱い太陽、冬は吹き荒れる木枯らし。そのような過酷な自然環境に晒されながら、死にゆく存在——しかも、人間より何倍も力が強く、高い知能を持ちながらも凶暴な性格が多い騎竜を大多数の人間は恐れるし、実際に怪我をすることも珍しくはない。だから働き続けることができるのはほんの一握りで、年中人手不足だ。

私は二年前、家族によって「役立たずの穀潰しなのだから、せめて人様の役に立つ仕事をしろ」とこの場所に送り込まれた。

代々癒やしの魔法を得意とするクラレンス伯爵家の娘として生まれながら、わずかな魔力しか持たなかった出来の悪い私を隠す目的もあったのだろう。

初めは慣れない仕事に戸惑い、自分の身の不運を嘆くばかりだったけれど、肉体労働の過酷さよりも、実家で虐げられている精神的苦痛の方が私にはよっぽど毒だったようで、今ではすっかりこの暮らしに適応して、来た頃より随分明るくなったね、と言われることが多くなった。

　ふとした時にきらきらとした貴族の世界が羨ましくなる時もあるけれど、ここの騎竜たちは私を……外傷を治癒できず、ただただ痛みを和らげる程度のことしかできない私を必要としてくれている。今はもう、それで十分だと思っている。

「さて、日が昇りきる前に片付けてしまわないと……」

　寝藁を運ぶために倉庫へと向かおうとすると、鈍い衝突音が聞こえてきた。騎竜が柵を蹴っているのだろう。

「ラルゴ！　あなた、また脱走しようと……！」

　二つ隣の放牧地の柵を、一頭の騎竜が腹立たしそうにがしがしと蹴っていた。

　板の弱った箇所を破壊し、その隙間から逃げ出す算段だろう。そうはいかないと柵に近寄ると『人間はか弱い存在で、蹴ってはいけないもの』と認識してはいるらしいラルゴは、動きを止めてしおらしそうな顔をした。

「もう、やめなさい。また足が痛くなるわよ」

「ぎゃうっ」

　私の忠告にラルゴは短く鳴いて、一歩後ろに跳んだ。

　戦争で大怪我をして走る能力を失ったラルゴは、離ればなれになってしまった主人のことがまだ忘れられないらしく、しょっちゅう脱走を試みている。

少し前まではウェルフィンという長老格の騎竜が彼らを取りまとめてくれていたのだが、彼は今年の春先に老衰で天に召された。そうなると、またラルゴの脱走癖が再発してしまい、ここ最近、職員全員の悩みの種になっている。

「もう、ね。今が幸せなら、いいじゃない？」

柵を乗り越え、放牧地の中に入ってラルゴの手綱に手をかけると、彼はぐるる、と喉を鳴らした。きっと口うるさい奴が来てしまって嫌だなあ――と思っているのだろう。

「別に、あなたに意地悪をしたいんじゃないのよ」

ラルゴの脱走は誰のためにもならない。

騎竜は基本的に気性が荒い。脱走して万が一人間を害するようなことがあれば、秘密裏に殺処分されてしまうと聞く。

そのような悲劇が起きることを、私はもちろん、彼の元主人も望まないはずだ。二人が離ればなれになってしまった理由は不明だけれど、ラルゴは素晴らしい相棒だったはずだし、彼がまだ主人に会いたがっているのが何よりの証拠だ。

「柵を直すために、あなたには一旦小屋に戻ってもらうわ」

苦笑しながら手に力を込めて引っ張るけれど、強情なラルゴはびくともしない。

「もう。いたずらばかりだと、若様が送ってきてくれたおやつをあげないわよ」

『若様』は騎竜の里に寄付や贈り物をしてくださる篤志家の一人だ。お忙しい方らしく直接お会いする機会はない。私が知っているのは、男性であることだけ。

おやつの誘惑には逆らえなかったのか、ラルゴはのろのろと歩き出した。

「そうそう、いいわね。その調子……」

「アルジェリータ。お前さんに手紙だ」

ラルゴをなだめながら歩いていると、厩舎の手前で施設長に呼び止められた。

「手紙……？」

騎竜の里は深い森の中にあり、世俗からは隔離されている。何より、私がここで働くことを知る人は身内以外には皆無だ。つまり手紙のやり取りをするような相手はいないのだけれど……何か、悪い予感がする。

「クラレンス伯爵家……お前さんの実家からだ。まあ、いい知らせじゃねえだろな」

私の戸惑いが通じたのか、施設長は若干渋い顔で手紙を渡してきた。

宛名の下に赤いインクで「至急」と殴り書き。嫌々ながら、封を開ける。

『大切な話がある。すぐに戻れ』

たった一行だけの、手紙。

——これは一体どういう意味なのだろう？

「よほど大事な話だろう。仕事は気にしないで、早く帰りなさい」

施設長の言葉にしぶしぶ頷き、急いで身支度をし、一日一便しか出ない王都行きの貨物馬車の隙間に乗り込んだ。

＊

「ただいま戻りました……」

久し振りに足を踏み入れたクラレンス伯爵邸では、使用人もどこかピリピリとした空気をまとっていた。……やはり、何か悪いことが起きたのだろうか。

笑顔で出迎えてくれる人がいるはずもなく、私は両親が待つ書斎へと向かった。

「失礼します」

「遅い！　一体、どこをほっつき歩いていたのだ！」

入室した瞬間、罵声が飛んできた。これは想像通りだけれど。

「……申し訳ありません」

騎竜の里は王都の外れにあり、手紙が届くまでには市街地宛よりも時間がかかる。クラレンス家の人々からすると、私が即日手紙を受け取った後にちんたらとしていた、という発想になるらしい。

「まったく、お前は社交界に出ていないから常識がない」

私に形ばかりの婚約者を与えた後、無駄な金を使う必要はないとばかりに「騎竜の世話が大好きで社交界に顔を出さず、森に引きこもっている変わり者」のレッテルを貼って、僻地に押し込んだのは一体誰だっただろうか？　もう今では自分に伯爵令嬢の身分があることすら忘れかけているぐらいだったのに……と思ったが、口をつぐむ。反抗的な態度を取ったところで火に油を注ぐだけだ。

おとなしく顎で示されたソファーに腰掛けた私を、父と母が若干緊張した面持ちで見つめている。誰かの急病というわけではなさそうだ。

──何のために呼び戻されたのだろう？

訝しんでいると、父がゆっくりと口を開いた。

「アルジェリータ。お前のことを、ブラウニング公爵家がお求めだ」

父の突然の言葉に、頭の中は疑問符でいっぱいになる。

「私を、公爵家が……何ですか？」

思わず聞き返した言葉は父の神経を逆なでしたのか、舌打ちが聞こえた。

「相変わらず物わかりが悪いな。いくらなんでも武勇で名高い公爵家を知らないとは……お前は本当に無能だ」

この国でブラウニング公爵家の名前を知らないものはいない。聞き覚えがないわけではなく、説明が簡潔すぎて、理解できなかっただけなのだけれど。

「もう一度言うぞ。アルジェリータ、お前はブラウニング公爵家に嫁ぐんだ」

一度口にすると勢いがついたのか、父は手にしていた書面を私の前に投げ出した。そこには『アルジェリータ・クラレンスに関する権利の全てを譲り受けたい』と書き記されており、その下には確かに見覚えのある印章が押されている。印章の偽造は重罪だ。公爵家からの申し出に間違いはないのだろう。

「でも、どうして私なんかを……」

家の恥とまで言われた娘だ。ごく普通に考えて公爵家との縁談なんてありえない。

何かの間違いとしか思えないし、それに何より私にはデリック・アシュベル――親の決めた婚約者がいる。

「デリックのことは……」

「こんなにいい話はないのだ、すでに決まったことにぐだぐだと文句を言うな」

「そうよ、アルジェリータ。公爵家からの縁談なんて、身に余る光栄よ」

両親は私の疑問を遮って、どれほどの幸運が私のもとに降りてきたのかと口々にたたみかけようとする。取り付く島もない、とはこういう時に使うのかもしれない。

「公爵家にすぐ返事を出す。粗相のないようにな」

「待ってください。どういうことですか？　私に関する全ての権利というのは」

先ほどから縁談、縁談と言っているけれど、書面には『嫁ぐ』なんて書いていない。

問いかけに、父は顔をしかめたままで答えない。

「どのような契約だとしても、お前は家の娘なのだから拒否権はない」

「でもどうして、ルシュカではなく私にお話が……」

「いやあね姉さん、ブラウニング公爵家と言っても、ご当主様じゃないんだから気にすることないわよ」

不可思議な提案について何かヒントを得ようと絞り出した質問に、横合いから妹のルシュカが口を挟んだ。彼女は私と違って治癒の魔力を持ち、国から国家治癒師の称号を受け、王宮で治癒師として働いている。手は荒れ爪はボロボロ、伸び放題の髪の毛はボサボサで、着古したワンピースに身を包む、地味を通り越してみすぼらしい私と美しく着飾った彼女が姉妹だと、一目で判別できる人はいないだろう。

「姉さんの結婚相手は老将軍、ローラン・フォン・ブラウニング様よ」

「ローラン様、って……」

ローラン・フォン・ブラウニング様のことはもちろん知っている。勇猛な元将軍で、国に多大なる貢献をもたらした方。……しかし、齢八十は過ぎているはずだ。

「ルシュカ！」

余計なことを、と続きそうな父の叱責に、ルシュカは肩をすくめた。

「いいじゃない、別にすぐわかるのだし……勘違いしたままだと、姉さんが気の毒だわ」

ルシュカは私を頭のてっぺんからつま先まで満足げに眺め回した後、口角をきゅっと上げて女優のように微笑んだ。

「わかりやすく説明してあげるわね。姉さんは竜じゃなくて、お爺さんの介護をしに嫁ぐのよ」

父の気まずそうな咳払いが聞こえて、ルシュカはようやく口をつぐんだ。

「……そのような言い方はよくないぞ。ブラウニング公爵家はアルジェリータの働きを評価してくださったのだから」

ローラン様は大変気難しい方で、奥様を亡くされてからは財産を全て親族に譲り、自身は小さな別邸で余生を過ごされている。しかしその気性ゆえに使用人が居着かない。

身の回りのことは極力自分でする方ではあるが寄る年波には勝てず、信頼できる世話役――絶対に裏切らない相手、すなわち妻を欲していた。

そこで聞きつけたのが伯爵家の、変わり者の娘についての噂なのだという。

大変な騎竜の世話にも音を上げず、贅沢もせず、若くて丈夫で、使い潰しても文句が言えない格下の家柄の娘。

この娘なら後妻にぴったりだと、両家の間で合意の契約が結ばれたらしい。

「財産はすでにほとんど贈与済みとのことだが、多少は貰えるだろう」

「でも……」

「お前ごときが、せっかくいただいた縁談にケチをつけるものじゃない！」

「うちは断るわけにはいかないのよ、わかるでしょう？」

この件については決定事項で、私の意見はまったく求められていないらしかった。無言を拒絶と受け取ったのか、母がこちらの機嫌を伺うような猫撫で声で、私を絡め取ろうとする。

「……アシュベル家との縁談は？」

その話題については完全に明後日の方向へ放り投げられているけれど、向こうだって貴族なのだ。より格上の家との縁談があったからと勝手に婚約を破棄されて、個人的な心情はともかく、腹を立ててもおかしくはないものだ。

「それは大丈夫。デリックとは私が結婚するから」

予想もしなかった言葉に、耳を疑った。

妹の中には恥の概念がない……いや、私を感情のある人間だと認識していないからそういうことが言えるのかもしれない。

「ほら、デリック。きちんと姉さんにお断りの挨拶をして」

ルシュカがはしゃいだ声を出すと、静かに書斎の扉が開いた。所在なさげに顔を出したのは、つい先ほどまで私が婚約者として認識していたデリック・アシュベルだ。

まるで犬のように呼ばれて、ひょこひょことこちらに向かって歩いてくる様は、とても情けなく見えた。

「アルジェリータ、すまない。ほら、こういうこと、だ」

ルシュカは勝ち誇った顔でデリックの腕に細腕を絡めた。まるで自分が選ばれたことが誇らしくて仕方がないと言った様子だ。

──私が騎竜の里で働いている間、彼ら二人に何があったのだろう？

わからないことだらけだ。無言になったのを、振られた衝撃で言葉が出ないと思ったのか、デリックはあれやこれやと言い訳を始めた。

「アルジェリータは騎竜の世話しかしてこなかったから、城での振る舞いや貴族社会でのあれこれについては疎いだろう？ これからのお互いのことを考えると、君にとってもいい話だと思うんだ。ブラウニング家は騎士の家系だ、騎竜にも理解があるだろう」

デリックは私が老人の後妻として嫁ぐことがさもめでたいかのように手を揉んだ。今の今まで悪い人ではないと思っていたけれど、彼の言葉はとても虚ろに聞こえて、こんな男性だったのかと、がっかりした。

「そんな相手だから、気を使う必要もなく楽でしょ？ 求められて嫁ぐのだから、姉さんは幸せよ。適材適所、ね」

たたみかけるようなルシュカの声に、もう話は終わったとばかりに両親が立ち上がる。

「……アルジェリータ、そういうことだ。我がクラレンス家が公爵家と縁付くことができる。こんなに素晴らしい話はない」

それとも、お前はそれ以上のものをクラレンス家にもたらせると言うのか？

私を見下ろす父の視線はそう問いかけている。確かに、私はこの家の人たちにとって利になるものを何一つ持っていない。

「……わかりました。私、ブラウニング公爵家に向かいます。でも、その前に一度騎竜の里に戻って……」

「逃げるつもりか！」

父が机を叩きつけ、怒鳴り散らした。

「そういう訳じゃ……」

私は私なりに、今の仕事に責任とやりがいを持っている。急に私がいなくなったことで、同僚たちに迷惑がかかるのは避けたい。どうせ逃れられない運命なら——せめて、去る時は悪い印象を残したくない。

「公爵家からは可能な限り早く来てほしいと要請されている。ぐずぐずして、その間に相手がくたばったらどうするんだ！」

父の唾が顔にかかった。私がもたもたしているうちに儲け話を逃しやしないかと、不安で仕方ないのだろう。

「大丈夫です、お父様。私、先ほど公爵家にお手紙を出してきました。めでたいことですもの、早い方がいいでしょう——姉妹にも結婚の順番がありますから」

「おお、ルシュカ、ありがとう」

白々しい会話だけれど、二人の笑顔は本物だ。なにせ、私に思わぬ高値がついたのだから嬉しくないはずがない。

——魔力が足りないから、姉妹で差を付けられるのは仕方がないと自分に言い聞かせながら生きてきて、やっと自分の居場所を見つけたと思っていた。けれどそれは私の見た甘い幻想で、私は意思のない商品でしかないのだと、否応なしに現実に引き戻される。

目眩に襲われてまぶたを閉じると、里にいる騎竜たちのことが思い起こされた。

私はもう、里に戻れない。こんなにも簡単に、無責任な別れが来るなんて——唇とともに、ぐっと悔しさや怒りを噛み締める。

目を開けた時、私の家族だったはずの人たちは「もう話は終わった」とばかりに、部屋からいなくなっていた。

一章 ✦ 解せない求婚

――迎えは、すぐにやってきた。

もしかして夢かもしれない、いつも通りにほの明るくなった空と、騎竜の鳴き声で目を覚ますかもしれない。

そんな淡い期待は打ち砕かれて、ほぼ早朝と言って差し支えない時間に、ブラウニング家の家紋が入った馬車がクラレンス伯爵邸の前に停まった。

どうやら早く来てほしい、と言うのは本当のことらしい。

「アルジェリータ。お務めが終わったら、ここに戻ってきていいのだからね」

母の言葉は優しく聞こえるけれど、分与されるかもしれない財産に期待しているのは明らかだった。

「早く行け。誠心誠意、お仕えするようにな。子どもができれば、それはそれでいい」

「……はい」

ほとんど叩き出されるようにトランクを抱え、よろよろと玄関ポーチを降りた私を、執事服を着た青年が出迎えた。私よりいくつか年上だろうか、緩いウェーブのかかった黒い髪に、黒曜石の瞳。浅黒い肌は日焼けではなく生まれつきのものだろう。

「アルジェリータ様。お早いお返事をありがとうございます。主人も大層喜んでおりました」

異国からやってきたのか、わずかな訛りはあるけれど、使者は流暢に言葉を使いこなしているし、私のみすぼらしい身なりを見ても眉一つ動かす様子はなかった。

「持参品はそれだけですか？」

他の荷物はないのかと、使者は私の背後を覗く。

「このトランクだけです」

片手で持ち上げられる重さのトランクを振ると、カラカラと音がした。今まで働いた分の賃金はクラレンス家に送金される仕組みで、私の手元にはほとんど残っていない。だから買い物をすることもない。薄給とは言え、ある程度まとまった金額になっていたはずだけれど、仕送りを貯めておいて、家を出る時に持参金として渡してくれる……そんなささやかな思いやりのかけらすら、私の家族だった人たちは持ち合わせていないらしかった。

「支度金で何も購入されなかったので？」

準備のためのお金を貰っていること自体が初耳だった。もしかして嫁いでくるのにその格好は何事だと、お叱りを受けるかもしれない。

一体、これからどうなってしまうのか——うまい返事を思いつけずにへらっと笑う。

「左様でございますか」

気のない返事とともに、馬車に乗るように促される。彼にとってはこれ以上の追及は無意味と言うか、職務外のことなのだろう。

「必要なものは全てブラウニング家でご用意いたします。くれぐれも、ご心配なく」


乗り込んだ瞬間に『一刻も早くここから離れよう』とばかりに、馬車が動き出す。

程なくして王都の中心部にある大広場に辿り着いたが、混雑のために進みが遅くなり、外の景色がよく見えるようになった。何やら、新聞の号外が飛び交っているみたいだ。

騎竜の里では娯楽がないし、情報もあまり入ってこない。活字読みたさに馬車の窓から手を伸ばすと、運よく一枚掴み取ることができた。

内容は半年前に終結した戦争の勝利を改めて告知するものだ。国の威信を高めるために、大々的に費用をかけて喧伝しているのだろう。

先の戦争で戦果をあげた勇猛な若き将軍である、マーガス・フォン・ブラウニング――私が嫁ぐローラン様の孫にあたる方だ――が父である公爵様から家督を引き継ぎ、新たに国内で最年少の公爵となること、戦争のせいで延期されていた第三王女セレーネ様の婚儀の準備が進められるであろうこと。沢山のめでたい記事よりも私の目を引いたのは、黒枠に囲われた、めでたくはない別の記事。

『フォンテン公爵令息の行方は依然不明。もうまもなく死亡認定か』

同じく騎士として戦争に赴いていた、フォンテン公爵家の跡取り息子が戦地で行方不明になり、見つからないまま二年が経過しようとしていることを告げる記事。

公爵家には跡取りが他におらず、家を存続させるために遠縁の男爵家から養子を取るだろう、と書かれていた。

その記事を読んで、不可解な色々に納得がいった。

デリックはことあるごとに、自分はフォンテン公爵家の遠縁だと自慢していたから。

彼は次男だ。公爵家から養子の打診が内々であったのかもしれない。

「なるほどね……」

号外を小さく畳んで、トランクの隙間にしまい込む。

デリックが泥にまみれた私より、ルシュカの方を好ましく思っていることはたまにしか顔を合わせない私から見ても一目瞭然だったけれど、華やかな社交界で暮らす妹は彼に見向きもしなかったから、間違いは起こらないだろうと考えていた。

けれど、デリックのもとに莫大な財産と格上の爵位がやってくると知ったルシュカはこれ幸いと彼を誘惑し、結果二人は「そういうこと」になったのだろう。

「まあ、いいきっかけだと思うべきかしら、ね」

家督相続と私の「新しい就職」のどちらが先かなんて、私には関係のないことだ。

結婚してしまった後に醜聞に巻き込まれなかっただけマシだったと、前向きに考えた方が自分のためになる。

何しろ人間は騎竜と違って言葉が通じるし、公爵家だもの、ローラン様を看取った後は、騎竜の里に戻る交通費程度は貰えるだろう。そうしたら頭を下げて、もう一度雇ってもらって——私は二度と、あの家には帰らないことにする。

トランクの内ポケットから、銀色の騎竜の羽根を取り出す。

「ウェルフィン。私、あなたが教えてくれた通りに、やってみせるわ。見守っていてね」

決意とともに、羽根をトランクにしまい込んだ。


到着したのはやはりブラウニング公爵家の本邸ではなく、由緒正しい貴族街から少し離れた新興貴族や豪商が居を構える地域の、別荘のようなこぢんまりとした屋敷だった。

それにしたってクラレンス家の古びた屋敷よりは重厚で、随所に施された装飾の細かい意匠はさすがに公爵家ゆかりの邸宅だと思わせる。

「それでは、失礼します」

使者兼御者だった青年は馬車をつなぐためにさっさといなくなってしまったので、待っている間、手持ち無沙汰に周囲を観察する。

庭の植栽は綺麗に手入れされているけれど、花壇やアーチなどの女性的な装飾はほとんどない。屋敷の大きさからすると不釣り合いなほど広々とした敷地いっぱいに、緑の芝生が青々とした葉を風にそよがせている。

飾り気はないけれど、このぐらいの広さがあれば騎竜だって飼えてしまうだろう。

騎竜を愛する人の中には老いた相棒を騎竜の里に預けずに、最後まで面倒を見ようとする方もいると聞く。ここがそうだったらいいのにと思うけれど、じっと緑を見つめても、騎竜の姿はない。

建物に目を向ける。いくつかの窓は開いており、真っ白なカーテンが風にそよいでいた。窓の向こうに人の気配はなく、公爵家ゆかりの人物が住む屋敷としては不思議なほどの静寂に包まれている。けれど、人が居着かないと言われるような重苦しい空気ではない。

これからの職場について好き勝手に思いを馳せている間にも、私の視界に人影はなく、物音もしない。

——大分待ったような気がするけれど。

使者が戻ってくる様子は一向になく、私を出迎えるためにいそいそと扉が開いてくれるわけもなく、意を決して控えめに扉をノックする。返事はやっぱり、ない。

「あの！　本日からお世話になります、アルジェリータ・クラレンスです！」

最初から陰気で鈍くさい女だと思われるぐらいなら、仕事と割り切って堂々とした方がいいのだと、今までの経験からわかっている。

「すみませーん‼」

再び大声で呼びかけると、ゆっくりと扉が開いた。

中から顔を覗かせたのは、若い男性だ。着崩しているけれど一目で上等な品だとわかる服装とその風貌はどう考えても、使用人ではないだろう。

すらりとした長身に彫刻のような均整のとれた体つき。それに何よりも印象的なのは、濃い藍色の前髪の隙間から覗く、吹き荒れる吹雪や寒々しい冬の空のようなアイスグレーの瞳。

絵画に描かれた伝説上の人物が飛び出してきたのかと錯覚してしまうような状況に、言葉が出なかった。

「アルジェリータ・クラレンス？」

少しかすれた低い声が、私の名前を呼んだ。

「は、はい。私が……アルジェリータ・クラレンスですっ！」

背筋を伸ばして返事をすると、青年はふっと目を細めた。

「間近で顔を合わせるのは初めてだな。よく来てくれた」

「いえ……」

「俺はマーガス・フォン・ブラウニング。じき、ブラウニング家を継ぐ者だ」

「将軍閣下でしたか……」

新聞に書かれていたのはこの人だ、と冷や汗が流れた。

私は王城にのぼったことがなく、次期公爵である彼の顔を知らなかった。城で治癒師として勤務するルシュカならお顔を拝見する機会があっただろうけれど……。

将軍を知らず、ぼけっと突っ立っているだなんて、礼儀知らずな女だと思われただろう。せめてここからはきちんとしなくては……。

私をじっと見つめるマーガス様から視線を逸らすことは、できない。何しろ、ちゃんとしなくてはいけないのだから。

「軍隊ではないのだから、そうかしこまる必要はない。君も今日からここの住人だ」

その言葉にほっとする。彼は私のことをきちんと知らされているのだ。

「はい、今日からお世話になります。ふつつかものですが、よろしくお願いいたします。まずはローラン様に到着のご挨拶を……」

「君は老ブラウニング公の世話をする必要がない」

その言葉は拒絶ではなく、ただ事実を淡々と告げている……そんな風に聞こえた。

「……どういうことでしょうか」

だって、私はちゃんと、ブラウニング家の家紋のついた馬車に乗せられて、お屋敷までやってきたではないか。人もいた。何より、マーガス様は私の名前を知っていた。

つまり、私が何のためにここにいるのか、わかっている、はずなのに。

「彼は二週間前に、この世を去った」

時が止まった。思いもしなかった言葉に、私は何も言えないでいる。

「ローラン・フォン・ブラウニングは二週間前にこの世を去った。すでに墓地に埋葬された後だ」

衝撃的な言葉が続く。やっとのことでこれが現実かどうか確かめるために何度か瞬きをしたり、頬を引っ張ってみたりするけれど、状況は何も変わらなかった。

そうしている間にも、マーガス様は落ち着き払って、無様な私を観察中だ。

――いけない。

慌てて姿勢を正し、詳しい話を聞くために、再び、目の前の青年を見上げる。

私だって背が低い方ではないけれど、彼は非常に背が高い。このままだと首が疲れてしまう……もう少し、後ろに下がった方がいいだろうか。しかし、わざわざ後ずさるのも失礼にあたるのではと躊躇し、結局はそのまま、私はマーガス様をじっと見つめた。

「偉大な方が亡くなられて、何も国民にお知らせがないというのは……」

なんとか言葉を絞り出すことができた。いくらなんでも、クラレンス伯爵家にその情報が入ってきていないとは考えられない。

「故人の遺言だ。自分が死んだことはしばらく伏せておくように、とな」

よどみなく告げられる言葉にはまったく嘘がないように聞こえる。戦争が終結したばかりで、国は戦勝の高揚感に酔いしれている。そこに水を差すのはやめようと、愛国心の強い方が考えてもおかしくはない。

「左様で……ございますか……」

会話は続かない。状況はわかった。けれど、ならどうして私はここにいるのだろう？　何かの行き違いがあった？　手紙が届くのが遅すぎて、私はローラン様の死に目に間に合わなかったのだろうか。

先ほどまではなし崩しに売り飛ばされてきたとは言え、まだやるべきことがはっきりとしていた。けれど、今はどうだろう。私は寄る辺を失って、宙ぶらりんだ。

——どうしよう。

寒くもないのに、体が震え出した。このまま追い返されて、またあの家に戻って、役立たず、となじられるのだろうか？　騎竜の里は、私をもう一度雇ってくれるだろうか？　そもそも一文無しだ。そこまでの交通費を一体どうしたものか……。

頭の中でぐるぐると思考を巡らせたところで、疑問は一向に解消されない。

「なら、どうして迎えの馬車がやってきたと思う？」

マーガス様の言葉にはっと顔を上げる。彼の顔つきは一見怜悧だけれど、その瞳には、どこかきらきらした少年のような輝きがあるのだと、自分が置かれている状況を忘れて、一瞬見入ってしまった。

確かにそう。マーガス様は私がやってくることを知っていた。

ローラン・フォン・ブラウニング様が本当に故人ならば、わざわざ縁談の話を持ち込む必要はないのだから、何か理由があるのだ。

「入りなさい。俺は君を歓迎する」

マーガス様はそう薄く笑って、私を迎え入れるために体をずらした。肩越しには、日中の淡い光でもぎらりと輝くシャンデリア。

屋敷の外観は地味と言ってもいいぐらいだけれど、この中は確かに公爵家の領域なのだ。

「……っ」

私が、こんな着古した服装のままで立ち入っていいのだろうか？　裏口に回るべきだろうか？　逡巡していると、マーガス様は気まずそうに口を開いた。

「今はちょうど人が少なくてな。屋敷の中に入るのが不安なら、テラスでも構わないが」

「い、いいえ、ぼーっとしてしまい、申し訳ありません」

私はブラウニング邸に一歩足を踏み入れた。

そのまままっすぐ、マーガス様の後について行き、長い廊下の角を曲がって、視界に入ったものに息を飲んだ。

白髪のいかめしい顔をした男性の肖像画。この方がローラン様、だろうか？　絵の中の人物は老境に差しかかっているけれど、鋭く、意志の強そうな目元はマーガス様とよく似ている。

思わず立ち止まり、まじまじと見つめてしまった。

「祖父の遺言だ。肖像画で失礼、とな。……驚いたか？」

その問いに思わず目を伏せた。

「少し……」

写実的な絵は、思わず本人が目の前に現れたのかと驚いてしまうほどだった。

「無理もない。夜に帰ってくると俺でもびっくりすることがあるから」

マーガス様の言葉は冗談めいていた。緊張で冷や汗をかき、口調も足取りも、何もかもおぼつかない私をなんとか落ち着かせようと、気を遣ってくださっているのがわかる。

「ここに」

私が通されたのは一階にある応接室だった。一応使用人がいたらしく、程なくしてメイドが一人、飲食物を載せたカートを押してきた。

年の頃は十五くらいだろうか。働いていてもおかしくない年齢だけれど、この屋敷は随分若い人ばかりだ、と思う。

肩の上で切り揃えられた艶のある黒髪に、大きな黒目がちの瞳。先ほどの使者によく似ているけれど、柔和な雰囲気だった彼に対して、彼女の方が勝ち気で好奇心が旺盛そうに見えるのは、若さの割に堂々とした立ち振る舞いのせいだろうか？

「頑張って用意しました。沢山召し上がってくださいね」

しげしげと見つめていると、メイドはにこりと微笑んで、そんなことを言った。

「え、ええ。いただきます」

手際よく並べられていく飲食物を眺めていると、なるほどわざわざ『頑張って用意した』と言うのも頷ける量だ。

「後で感想を聞かせてくださいね」

小さなテーブルに敷き詰めるだけ敷き詰めて、メイドはカートを残して部屋を出て行ってしまった。続けて給仕係が来る様子はない。

「よろしければ私が……」

給仕のために立ち上がろうとすると、マーガス様に手で遮られた。

「身の回りのことぐらい自分でできる」

「し、失礼しました」

高位貴族は身の回りの世話を全て人任せにしていると聞いたけれど、戦地に赴くことが多い軍人だとそうもいかないのだろう。マーガス様は長い間厳しい環境に身を置かれていたはずで、信用のできない人間を自分の飲食物に近づけるわけがない。少し考えればわかる気配りができておらず、情けなさに顔が赤くなった。

「早朝から連れ出して、食事を摂る暇もなかったろう」

今まで食べたこともないような高級そうな菓子を勧められたものの、口の中が乾いて乾いて、それどころではない。

「甘いものは嫌いだったか？　体力を使う仕事だ。塩気があるものの方がいいか」

「い、いえ、そ、そんなことは……とても、おいしいです。ただ、食べ慣れていませんので」

おいしいのは間違いがないはずなのだけれど、じっと見つめられると自分の咀嚼音がいやに大きいのではないだろうかとか、座り方が不格好なのではとか、些細なことが気になってしまって、味わうどころではない。

「果物の方が好きだったか？」

「は、はい。私は林檎が好きです」

質問に反射的に答えた結果、なんだか妙な空気になってしまった。

「瓶詰めならあるはずだ。パイでも焼いてもらおうか」

「い、いえっ！　催促ではなく、質問に答えただけのつもりで……」

マーガス様に落ち着け、と言わんばかりに手をかざされた。私はまるで訓練でもたついている新入りの騎竜みたいに慌てているのだ。

「すみません」

「……どうにも、俺は人を緊張させてしまうらしい」

なかなかうまくいかないものだ、とマーガス様は紅茶に口をつけた。もう変なことをしないように、マーガス様と一緒に紅茶を飲む。

「あ、林檎の香りがする……おいしいです！」

家ではいつも水か出がらし、里では野草茶ばかりだったので、こんなに上等な紅茶が飲めることがとても嬉しい。精一杯の感謝を表すためにマーガス様を見ると、目が合ってしまって、顔が赤くなるのを感じた。

「林檎が好きなのは……騎竜と一緒だな」

「は、はい、そうです。騎竜の里には林檎の木があって……それを食べるのが楽しみなのですが、騎竜も林檎が大好きなので、収穫の時期になると欲しい欲しいとねだられて……まったく数が足りないのです。それでですね、去年は種を取って、森の日当たりのよい所に蒔いたのです……やっと小さい木になったのですが、あと何年したら収穫できるのでしょうね……」

もうやめようと思ったのに、また彼にとってはどうでもいいことを口走ってしまった。

マーガス様はどうしてこうもまともに話ができない女が連れてこられたのだろうと、きっと呆れているだろう。

「ここにも林檎の木がある。残念なことに、今は季節ではないが」

「申し訳ありません」

うまく、会話が、できない。

あてが外れて、ここからどうしようか、という大事な大事な局面なのに、こんなしょうもないことしか口にできない自分が情けない。

「謝る必要はない。俺も林檎は好きだ」

私がしょうもないことを口走ったせいで、話が思わぬ方向へ転がっていってしまったけれど、マーガス様はさすが人の上に立つ御方と言うべきか、威厳がありながらも私の話を我慢強く聞いて、相槌を打ってくれる。とてもよく出来た方だ。比較対象が私の家族、というのを差し引いても。

「サンドイッチでも？」

「あ、はい。ありがとうございます」

おそらく、言動から私が伯爵令嬢とは名ばかりのしみったれた生活をしてきたことは、とうにバレているだろう。気遣いがありがたくもあり、恥ずかしくもある。

「朝から疲れただろう。俺は仕事があるから、ゆっくりしていてくれ。家の中のものは全て自由に使っていい」

私がサンドイッチを食べ終えるや否や、マーガス様はそんなことを言い出した。ここでひとりにされてしまっては、今後どうしたものだかまったくわからなくなってしまう。

「ま、待ってください……」

立ち去ろうとしたマーガス様を、思わず引き留める。

「ここで……働かせていただけないでしょうか」

言いにくいことだけれど、これからは自分の力で生きていくと決めたのだから、ためらっている場合ではない。

マーガス様は呼びつけた人物をそのまま突き返すのは失礼だと、家に引き入れて一晩の宿を提供してくださるつもりなのだろう。けれど、それは問題の先延ばしにすぎない。厚かましいけれど、ここはその優しさに甘えて、一時的に雑用係でもいいから雇ってもらわないと……。

「働く必要はない」

——駄目だった。

「それは……困ります。私、お金が欲しいんです」

食い下がるしかない。ここで諦めたら、本当に路頭に迷ってしまう。

「いくらだ?」

「ええと……五万ギットほど……」

そのくらいあれば、今日明日の宿をとって、騎竜の里行きの貨物馬車に乗ることができる。人出不足の仕事だ、頼み込めばまた雇ってもらえるはず、多分。

「そのくらいなら、書斎(しょさい)の引き出しに入っている。いつでも自由に使えるように多めに置いておこう」

マーガス様にとっては数万ギット程度のお金は小銭(こぜに)同然ということだろう。

「あの……お返しできるアテがありませんので、何か、対価として労働を」

「仕事が欲しいのか？」

「はい」

「それなら話は簡単だ。俺の妻になればいいだけだからな」

と、マーガス様はなんの感慨(かんがい)もなく言ってのけた。

「……え？」

「俺と結婚すればよいと言っている」

思わず素で聞き返してしまったが、マーガス様はしれっとした顔で繰(く)り返(かえ)した。真面目そうな表情は、とても冗談を言っているようには見えない。

「わ、私が……マーガス様と……？　なん、なん……なっ……なんでそうなるんです？」

昨日からよくわからないことしか起こっていない。とうとう、呂律(ろれつ)まで回らなくなってきてしまった。

「君を呼んだのは、俺だ」

マーガス様はすっぱりと言い放った。彼の言葉にはまったく嘘がないように思える。

「な、なぜ……」

「ブラウニング家に嫁ぐためにやってきたのだから、別にそれが俺に変わったところで問題ないだろう？」

「問題は……あるに決まっています」

「例えば？」

まっすぐな視線に怖気付くけれど、それでもちゃんと言うべきことは言わなければいけないて思う。

「……そんな冗談を言うのは、よしてください」

「ふざけたつもりはない。それに、問題があります、の答えになっていないが」

「私がブラウニング公爵家に嫁ぐなんて、そんなことを許すはずがありません」

「おかしな話だ。誰が誰を許さないって？」

問いかけに、再び頭がぐるぐるする。確かに、両親も一度は了承したわけだし……いや、それは私の結婚相手が老将軍だと思っていたから。許されるはずがない。……許さないのは誰だろう。ルシュカ？　両親？　それとも……自分？　いやいや、私がお断りするのは、それこそおかしな話。

「私には……とても、務まりそうにありませんので」

しばらく考えたのちに、ようやく答えを絞り出すことができた。私には務まりません。

社交界にも出ていないし。これで完璧だ。

「俺が妻に求める条件は二つ。健康であることと、同じ方向を見ていてくれること」

「それだけですか……？」

「訂正しよう。三つ目。騎竜が好きなこと」

将軍閣下が妻に求める条件にしては、いささか緩すぎるような。それだけでいいなら、マーガス様の花嫁に立候補する女性はこの国にいる騎竜よりも多くなるだろう。

「ああ。これさえ満たせば、あとは君の好きなようにしてほしい。俺は君が望むこと全てに応えよう」

「私の、望み……」

私の望みは、なんだろう。騎竜の里へ帰ること？ 衣食住に困らないこと？ いや、今はマーガス様の発言について考えよう。そもそも、健康はともかく、同じ方向、とは？ まさか方角なはずはない。

「それは一体、どういう……」

そう問いかけた瞬間、マーガス様の背後から、にゅっと黒い影が顔を出した。

「……っ！」

騎竜だ！ それも、とびきり立派で、美しい。ガラス窓の向こうから、興味深げにこちらを覗き込んでいる。

マーガス様は、気が付いていないのだろうか？

いいや、ここは町中だ。いきなり野生の騎竜がお屋敷に乗り込んでくるなんてあり得ない。つまりこれは彼にとってなんてことのない普段通りの展開でしかないのだろう。

「彼女は俺が戦場で乗っていた騎竜。名をポルカと言う」

マーガス様の言葉に納得する。騎竜と騎士は一心同体の相棒だ。戦時中でなくとも一緒にいるのはおかしくない。これほど広い敷地を有する屋敷なら、庭に放し飼いにしておくことも十分にありえるだろう。

「これからは戦後処理のために王都に滞在する期間が長くなるのだが……」

そこでマーガス様は言葉を切った。ポルカが鼻先でぐいぐいと窓を押しているのだ。このままだと圧力でガラスが割れてしまいかねない。

マーガス様が窓を開けると、ポルカはすっと鼻先を室内に潜り込ませてきた。

頭をマーガス様にすりつけ、甘える仕草を見せているけれど、琥珀色の瞳は私を――見慣れない侵入者をじっと睨みつけたままだ。

――警戒されている。

冷や汗が流れる。騎竜は情が深い生き物だけれど、ひとたび敵と見なした相手には容赦しないから。

「ポルカが君を警戒しているようだが、気にすることはない。他の雄の匂いを察知して、不安になって様子を見に来ただけだ」

「わ……私、匂うでしょうか」

急に恥ずかしくなって、意味もないのに袖をこする。

騎竜は生き物だから、完全なる無臭という訳にはいかない。洗濯はしているけれど、染みついた匂いがあるのだろうか。

「騎竜は鼻がいいからな」

ポルカはマーガス様の話を完全に理解したかのように、すっと窓から顔を離して再び庭へと駆けていった。変な匂いのする奴は主人を脅かす相手ではないと判断したのだ。きゃうっと若い騎竜らしい鳴き声と、草を踏む足音を聞いてから、マーガス様は窓を閉め、再び私に向き直った。

「……」

「……」

――何の話をしていたんだったかしら。話がどんどん脱線して、何が何やら……そうだ、老ブラウニング公爵がお隠れになって、後妻のはずの私は後妻ではなくて、かわりにマーガス様が私を貰ってもいいと仰った……そんな話だったはず。

まとめてみると、こんなに都合のよいことが私に起きるはずがなかった。

「あいつは気位が高い。人を見るんだ――君はひとまず、認められたようだ」

「あまり、歓迎されていないように見えましたが……」

攻撃されないだけマシだが、美貌の騎竜は歓迎とは言いがたい雰囲気を醸し出していた。よくて無関心、だろう。合格したかどうかはわからない。

「気を抜いて走っていったのがその証拠だ。納得できなければ部屋に侵入しようとするだろうからな」

語り口からするに、ポルカは相当元気が有り余っているようだ。彼女のそばに行く時は、気を引き締めなければいけなさそうだ。

マーガス様はカップに口をつけ、ポルカが庭を駆け回る足音に耳を傾けているように見えた。私も耳をすませる。騎竜の里にいる大人の個体とは違って、足取りは軽く——若い力を持て余しているのは明らかだった。

「ポルカは戦場で生まれ育ち、群れの荒くれどもから姫のような扱いを受けてきた。そのせいですっかりわがままが板についてしまい、城の厩舎に押し込まれるのが性に合わないと問題を起こすようになった」

マーガス様はカップを置き、小さくため息をついた。

「すぐ暴れる。気に入らない人間がいれば怪我をさせない程度に脅かして、自分から遠ざけようとする。そのせいで何人雇っても世話係が居着かない」

居着かないのは老将軍のお世話係ではなく、騎竜のお世話係だった、ということだ。

「戦場では勝ち気さは頼りになったが、ここはもう王都だ。わざわざポルカのために王城に勤めている職員を引き抜くのは人手不足の昨今、申し訳なくてな。祖父の別邸でこうして隔離している」

「マーガス様は、とても騎竜を大事にして……」

いるのですね、と私は無難な相鎚を打とうとした。

「というのは嘘ではないが、全てが本当というわけでもない」

マーガス様はいたずらっぽく片方の目をつぶった。

「俺も元々、貴族の社交だなんだは好かん。今は……二人で人間社会に馴染む練習をするついでに、休暇を満喫している、という状況だな」

ポルカはのびのびできるし、マーガス様はお城で窮屈な思いをしなくてよい。つまり二人は相棒であるがゆえの共犯関係なのだろう。

「しかし、ポルカの世話と事務仕事をこなすには体が二つ必要だ」

マーガス様は背もたれに寄りかかり、腕を軽く上げて天を仰いだ。

「そんな折、とある筋からアルジェリータ、君の話を聞いた。祖父は反対しなかったが……大変申し訳ないが、君の家族には難色を示した」

そこまで聞いて、話がつながった。

マーガス様が何を言わんとしているのかわかったのだ。先ほどの言葉。「君を呼んだのは俺だ」と彼は言った。

同じ方向――つまり騎竜を大事にしてくれるお世話係を探しているのだ、そのために結婚という、重要なカードを切るほどに。

彼はそれだけ、戦場で自分の命を預けた相棒を大切に思っている。

つまりこれは婚姻ではなく、労働だ。

彼は騎竜のお世話係を探している。私は職がない。能はないけれど、騎竜の世話には一家言ある。

私はマーガス様のために、ここでポルカの世話をすればいいのだ。別に妻の座が欲しいわけではない。ただ衣食住と賃金が保証されれば、私にとってこれより素敵な話はない。

「そうだったのですね、理解しました……！」

「わかってくれたか？」

マーガス様はちらりと私を見やった。その表情にはすでに、初対面の時に感じた威圧感はなかった。私たちは育ってきた環境も身分も違うけれど、騎竜が好きという点では、同志なのだ。

「はい。お任せください。きっとお役に立ってみせます」

「そうか。ありがとう。よろしく頼む」

マーガス様が差し出した手を握り返す。恥ずかしいことはない。

だって、彼は私の雇い主なのだから。

二章 ✦ お仕事開始

「それでは誠心誠意、務めさせていただきます！　何でもお申し付けください」

「あ、ああ……」

仕事用の笑顔を作り胸を叩くと、マーガス様は何とも言えず、複雑そうな顔をした。

「まずはお屋敷の皆さんにご挨拶から……」

と切り出したところに来客を告げるベルが鳴って、マーガス様は顔をしかめた。

「申し訳ない、仕事だ。ひとまず、これを君に預ける」

マーガス様は、鍵束を私の前に差し出した。騎竜の小屋や柵の鍵だろうか？　それにしてはいささか数が多いし、立派すぎる。

「この屋敷は全て君のものだ」

「はい？」

「アルジェリータ、君は自由だ。余暇に何をしても構わない」

それだけ言うと、マーガス様は部屋を出て行ってしまった。

「……自由？」

自由というのは、聞こえはいいけれど、それと同時に責任が自分に降りかかる。下手なことはできないぞ、と釘を刺されたに違いなかった。

応接室から出ると、ホールの方角から会話が聞こえてきた。声のする方に向かっていくと、使者の青年と、先ほどのメイドの女の子が口論……いや、おそらくは女の子が一方的に青年を責め立てている。けれど、二人が操る言葉は異国のもので、話の内容まではわからない。

「○■▽■……！」

「○▲×……あ、奥様」

青年が話を逸らそうとばかりに私を指さした。振り向いたけれど、背後には誰もいない。

「あなたですよ」

マーガス様は俺の妻になればよい、なんてことを言っていた。頭がぐるぐるして、さっきまでは本題に入る前の冗談だと思っていたけれど——本当に、そのつもりで人に話してしまっている、ということなのだろうか？

「兄貴にムカついたから無視することにしたんじゃないの」

黙っているとどんどん話がこじれそうなので、慌てて首を横に振る。

「ところで、そんな所で何をされているので？」

青年の暢気な言葉に、それは私の台詞です。と言いたいのをぐっとこらえる。

「今日から騎竜のお世話係として、この屋敷で働くことになりました。よろしくお願いします」

お辞儀をしてから顔を上げると、二人は揃ってぽかんと口を開けたままだった。……言葉は通じているはずなのだけれど。

「……あの」

「もしかして、あなたは『アルジェリータ』ではない⁉」

メイドが焦った声を上げた。

「え、えええと。私がアルジェリータなのですけど」

「ラクティスの愚図兄貴が同名の別人を連れてきた⁉」

「いいえ、合ってます。多分」

「そうだ。ちょっと目を離したすきに先に合流されちゃっただけ。俺はちゃんとやった」

「ご、ごめんなさい。早とちりをして」

てっきり放置されたと思い込んでいたけれど、それは私の被害妄想だったらしい。

彼の名前はラクティス、兄と呼んだメイドの彼女は妹で、不手際を責められていたようだった。

「ほら。ミューティ、そういうことだ」

ミューティと呼ばれたメイドはなおも、頬を膨らませて不服そうだ。

「……でも、ならどうして騎竜のお世話係なんて話に……」

「スカウトされたんです！」

誇らしげに両手を広げたけれど、二人は何だか納得がいっていないようだった。

「つまり……あなたはうちの旦那様と騎竜を通して知り合ったんですか？」

「いいえ。今日が初対面よ」

二人の口元は笑いをこらえているかのようにきゅっと引き結ばれているけれど、お揃いの黒い瞳には好奇心が滲んでいた。なんとなく、この兄妹とはうまくやっていけそうな気がする。

「まあ、状況はわからないなりに理解しました。奥様、これからよろしくお願いいたします」

ラクティスは美しい礼をして、そのまま玄関の方へ歩いて行った。彼の背中を見送ってから再びミューティに視線を戻すと、彼女は人懐っこそうに、にっこりと微笑んだ。

「まずは何をご用命でしょうか。付け焼き刃の素人メイドですが、兄と違って要領のよさには自信がありますよ。何でもお申し付けください」

揺るぎない自らに対する信頼を見せつけつつ、ミューティはスカートの裾をつまんで優雅に礼をした。足さばきを見るに運動神経はとてもよさそうで、騎竜の里にいれば得難い人材――いや、もうここは王都の公爵邸なのだった。

「そうね……まず、私、今日からどこで寝ればいいと思う？」

私の言葉に、ミューティは目玉がこぼれ落ちそうなほど目を見開いた。

「廊下の奥が書斎です。本は沢山あるのでいつでもどうぞ、と」

私は二階の部屋に通された。花瓶には綺麗に花が生けてあり、壁紙や窓にかかっているカーテンも可愛らしいものだ。布団もふかふかで真新しく、本当に私の部屋にしていいのか疑ってしまう。

「服はここに。色々揃えておきました」

「ええ……」

壁一面の引き戸の向こうは衣装棚になっていて、今まで身に着けたことがないような上等な衣服が沢山収まっていた。

「気に入らないですか？」

私の反応が薄かったせいか、ミューティが若干不安そうに顔を覗き込んできた。

「そんなことないわ。でもね……騎竜のお世話をするには、汚れやすい服は向かないと思うの。生地が薄いから、あっと言う間に破れてしまうわ」

「はあ……それ、ほんとの話なんですか？　騎竜の世話って」

「そうよ」

ミューティをじっと見つめる。汚れの目立たなさそうな黒地に、清潔感を足すための白いレースの襟がついたワンピース。身頃と袖に大きめのボタンがついていて、袖をまくり上げるのも、脱ぎ着するのもやりやすそうな。

「あなたのと同じ服はないの？」

私の発言に、ミューティは鼻にしわを寄せた。

「これは公爵家の使用人に支給されている制服です」

「あっ、そ、そう、知らなくて……ごめんなさい」

使い勝手が良さそうだし、それが純粋に好ましいと思ったのは本当だ。しかしそんなことに思い至らないあたり、私は間抜けだ。

「まあ……本当に働くのなら作業着は必要ですけど……」

「もちろん働くわ。……人が居着かないのって、本当の話なの？」

リネン室へ向かう途中におそるおそる、クラレンス邸で説明された内容について確認してみると、ミューティは顎に手を当て、顔をしかめた。

「いいえ。公爵家ですよ？　そんなわけないじゃないですか」

「やっぱり、そうよね」

マーガス様はとても立派な方だ。いくら騎竜が慣れていない人にとっては危険な生き物だとしても、歴史ある公爵家の使用人が対応できないとは思えない。

「旦那様は今、とにかく気が立っていて、放っておいてほしいのだそうです。だからこの家は使用人も少なくスカスカで……まあ暇だし、好き勝手できるのでいいんですけど」

何かマーガス様を悩ませることがあったようだ。

「二人はマーガス様の信頼が篤いのね」

「戦場で知り合ったからじゃないですかね？　気心が知れているというか……」

「戦場で……」

私は戦争を実感したことはないけれど、その言葉にきゅっと心が痛んだ。マーガス様はお優しい方だ。それはきっと、想像もつかないような苦労をなさったからなのだろう。明るい二人にも、同じぐらい、いや、もっとつらい過去があるのかもしれないと、軽はずみな発言を悔やむ。

「私と兄は隣国の山岳民族の出なのですが、行方不明者たちの捜索のために旦那様がうちの村を訪れて。案内役として雇われたのちに、グランジ王国を観光したかったのでそのまついてきました」

……真偽のほどは不明だけれど、軽快な語り口を信じた方が精神衛生上よさそうだ。

「私たちにとってはよい職場です。気に入ってくださると嬉しいですね」

「せっかく招き入れてもらったのだもの、私も信頼していただけるように頑張るわ」

制服を受け取ると、ミューティはにんまりと笑った。

「大型新人に期待しています」

ひとりになって、室内を見渡す。素敵な部屋だ。ここに住むだけで、騎竜の里の給金分は吹き飛ぶだろう。一時は無職になってしまってどうなることかと思ったけれど、ひとまずはなんとかなりそうだ。

制服に袖を通す。ぱりっとした生地には一か所のほつれもなくて、白蝶貝でできたボタンは陽光を受けてまろやかな光を放っている。襟のレースは手編みだ。私が自分で編むより、ずっと編目が細かくて、変に引き攣れたところがない。一流の職人が手がけたものだろう。

「中々似合っているのじゃないかしら？」

鏡を覗き込んでから、背後の棚の存在に気が付く。中身は空っぽだけれど、今のところ収納するものはない。テーブルにはランプがあって、油がたっぷり入っている。

――今日はもう特にする仕事はないみたいだから、探索がてら書斎の本でも借りようかしら。

鼻歌など歌いながら書斎の扉を開けると、マーガス様と目が合ってしまった。銀の羽根ペンを持ち、やや唖然とした表情で私を見つめている。どうやら机に向かってお仕事中だったようだ。

「も、申し訳ありませんっ！」

マーガス様が書斎にいらっしゃると思い至らなかったのは、我ながら本当に愚かすぎる。

「気にしなくていい。屋敷の中では自由にして構わないと言ったのは俺だから」

頭を抱え、背を向けている私の背中にマーガス様の視線が突き刺さっている気がする。

恥ずかしい。このまま壁になってしまいたい。

「その服はどうした？　何着か換えを用意してあったはずだ。気に入らなかったか」

「いえ、作業用に融通してもらいました。破れてしまったら申し訳ないので……」

「そうか。ならいい」

会話が続かなかった。今更本を借りに来たとも言えず、なんだかもじもじとしてしまう。

「あの二人はどうだった？　少し喋り方に癖があるが……」

「いい人たちでした。話しやすくて。騎竜が人間になったら、あんな感じかなと」

マーガス様はどこか不服そうな顔をした。そうすると、年相応の青年に見える。

「騎竜か……言い得て妙だな。それなら確かに、俺よりは話しかけやすいだろう」

ああ、またマーガス様の前で変なことを口走ってしまった。これからきちんと、仕事ができるのか、とても不安だ……。

「きゅ、きゅ」と甲高い騎竜の鳴き声で目が覚めた。

騎竜は仲間と鳴き声でコミュニケーションを取る――この声の高さは雌だろう。

寝返りを打つ。今日は随分と布団が温かくて寝心地がいいから、起きるのがつらい。

「……」

うとうとと再び眠りに引きずり込まれそうになるけれど、遠くから呼びかけるような騎竜の鳴き声が聞こえてきて、まどろみの淵から私を呼び戻す。

甘えるような声は若い個体ね……これは誰だったかしら……おかしいな。里の騎竜たちはほとんどが年老いている。こんなにも元気を持て余した子がいるはずが……。

「はっ！」

意識が覚醒する。ここは騎竜の里ではない。ブラウニング公爵家だ！　事実に気が付いた瞬間、体中の血が勢いよく巡り、脳が活性化する。

私がするべきことは、ここがどこでも変わらない。

――騎竜のお世話をしなくては！　慌てて服を掴み、頭からすっぽりとかぶって階段を駆け下りる。走りながらボタンを留めて、庭へ飛び出す――澄んだ冷たい空気の中で、朝日を受けてきらきらと輝く騎竜が一頭。

ポルカだ。

彼女はなんだかご機嫌ななめのようで、柵をかじったり、尾を振り回したりしている。

応接室の窓からは縦横無尽に駆けているように見えたけれど、柵があって屋敷の手前側には出られない。それが気に食わないのだろうか？

「おはよう」

琥珀色の瞳がちらりとこちらを見た。「あんたまだいたの？」とでも言いたげだ。

「今日からあなたのお世話係になったの。よろしくね」

「ぎゅっ！」

一歩近寄ると、ポルカは少し毛を膨らませて、低い威嚇の鳴き声を上げた。

騎士団長の騎竜となれば、群での序列も非常に高いはずで、当然縄張り意識も強い。

私は若い騎竜のお世話をしたことがない。今までお世話してきた竜たちは年齢を重ねて落ち着きがあり、自分の行く末をなんとなく理解している節があった。だから比較的すぐに私を受け入れてくれたけれど、彼女にはこれまで以上に敬意を払う必要がありそうだ。

「敵じゃない、敵じゃない……」

腕を広げ、両手の平を見せるとポルカは威嚇をやめ、首を伸ばして私をじっと見つめた。

言葉が通じたのか不明だけれど、敵意がないと身振りで示したことで新しいお世話係だと認識してはもらえたらしく、厳しい視線が和らいだ。

「昨日も思ったけれど……あなたって、すごく美形なのね」

騎竜の美的感覚はもちろん人間とは違うけれど、さすが騎士様の騎竜とあって、毛艶がよく、爪はピカピカ、アーモンド形の瞳はきらきらと澄んでいる。

「きゅっ」

褒め言葉が通じたのか、ポルカはまんざらでもなさそうに足踏みをした。一日でお役御免……とはならないだろうとほっとする。

庭先の小屋の鍵は開いたままで、中には歴代のお世話係の書いた連絡帳が残されていた。記録の通りに食事を与えたけれど、ポルカは育ち盛りのわりには食が細い。

「おかしいわね」

筋肉の付き方や毛艶のよさからして、もっと食欲旺盛でもいいと思うのだけれど……。片付けようとすると、歯でがっしりと桶を咥えて離そうとはしない。食欲はあるようだ。記録では好き嫌いもない。訝しんでいると、ポルカが見せつけるように口を開いた。

噛みつくつもりはないだろう。彼女がその気になれば、考える前に私はぱっくりやられてしまっているだろうから、この仕草は口の中の異物感を伝えようとしているのだろう。

しげしげと口内を眺めたけれど、ちょうど彼女の立ち位置が日陰になっていてよく見えない。書斎か物置あたりに虫眼鏡でもないだろうかと屋敷に戻ると、マーガス様が階段の上から腕を組んでこちらを見下ろしていた。

「おはようございます、閣下」

慌てて付け焼き刃のお辞儀などをしてみるけれど、どう考えても様にはなっていないだろう。まともな教育を受けられなかったことに、今更ながらわずかな後悔がある。

「マーガスでいい」

「はい。マーガス様、おはようございます」

「……ずいぶん早いな。まだ朝の六時にもなっていない」

「申し訳ありません。騒がしかったでしょうか……」

騎竜の生活に合わせるためには日の出とともに――場合によっては、夜明け前から活動を開始しなければいけない。

「いや。朝が早いのはいいことだ。俺も勝手に目が覚めてしまうしな。通いの使用人はまだ来ていないんだ……食事を？」

「はい。けれど、食が細くて。虫眼鏡を探しています」

私の返答にマーガス様は妙な顔をした。言葉足らずだった。

「ポルカが口の中を気にしているので、見てあげようかと」

「餌をやったのか⁉」

よく通る声が玄関ホールに響き渡った。そのまま目にも留まらぬ速さでマーガス様は階段を駆け下りて、私の手を取った。

「ひゃっ」

情けない声を上げると、掴まれた手はすぐに解放された。

「すまない。怪我でもしていないかと」

「大丈夫です」

マーガス様は怒っているわけではなく、私がポルカにけちょんけちょんにやられてしまったのではないかと心配してくださったようだ。そこで腕を確認した——あまりにも素早い動きだったのは、軍人ゆえだろう。鍛えていない私とは訳が違うのだ。

「ゆっくりしていなさいと、言っただろう」

「鳴いていたので……お腹が空いているんだろうな、と」

どうやら、マーガス様はポルカの世話をするために起きてきたらしい。

騎竜は危険、そして貴重だ。所有者が明確な騎竜は許可なしに勝手に触れてはいけない。

今日から仕事に取りかかるのが自然に思えたけれど、それは私の勝手な判断だった。

「申し訳ありません。引き継ぎもなく、勝手なことをして……」

「いや。無事ならいい。噛まれなくてよかった」

「威嚇されましたが、それだけです」

「もう、打ち解けたのか？」

マーガス様は意外そうな顔をした。……私だって、わざわざ騎竜のお世話係として雇われた身だ。若干凶暴だからといって、すぐに逃げ出すと思われては心外だ。

「打ち解けた、というわけでも。服従の意思を見せたら受け入れてもらえました」

「髪の毛を引っ張られなかったか？」

「いいえ」

マーガス様の口ぶりでは、騎竜に髪の毛を引っ張られてとんでもない目にあった女性がいるようだ。さすがにそこまでする素振りはなかった。私は一応、ポルカに許されているのかもしれない。

「そうか。多分うまくいくとは思っていたが……安心した」

「よかったです、クビにならなくて」

「君が解雇されることは絶対にない」

どうやら、マーガス様は私とポルカの相性がよくなかった場合は、別の仕事を斡旋してくださるつもりのようだ。さすが人の上に立つ方、面倒見がとてもよい。

「きゅっ」

マーガス様がやってくると、ポルカは足をだんだんと踏み鳴らすのをやめた。喜びのせいか、はたまた日光の加減なのか、瞳がより一層きらきらとして、可愛らしい。

「おはよう」

マーガス様の挨拶に、ポルカは頭を撫でてもらいたそうに首を下げた。当たり前だけれ

ど、私の時とは態度が全然違う。

「ポルカ。アルジェリータがお前の口を見てくれるそうだ。噛むなよ」

いつ私がそんな野蛮なことをしたのでしょうか？　と言いたげに、ポルカは可愛らしく

小首をかしげた。その様子を見ていると、飼い主であるマーガス様が公言しない限り、ポ

ルカがそんなに凶暴だなんて普通は思わないだろう。

ポルカがマーガス様の指示に従って口を開けると、頬の内側に小さな傷が出来ていた。

柵をかじって、木片が刺さってしまったのだろう。

分厚い筋肉と硬い皮膚、そしてふわふわの羽毛で覆われた騎竜も、口の中は無防備だ。

「確かにな。夜のうちに悪さをしたんだろう……薬をつけるぞ」

「ぎゃっ！」

薬、と聞いた瞬間にポルカが仰け反った。台詞を付けるとしたら『絶対に嫌！　薬は苦

いから嫌い！』だろう。

口の中を怪我した騎竜には軟膏を塗り、そのあと口を大きく開けなくなるように専用の

器具で留める。次の食事の時間までそうなるので、嫌がる子はものすごく多い。

実際、ポルカもマーガス様が手綱をしっかり握っていなければ、後ろにすっ飛んでいく

だろう。

「噛み癖があるお前が悪い。この機会に改めろ。……小屋から軟膏を持ってきてくれ」

「……待ってください。軟膏を塗らずに済むかもしれません」

怪我としては軽度だ。不快感が軽減されて、ポルカの機嫌がよくなればそれでいい。

手の平に意識を集中させ、ぽわっとした、綿毛のような魔力の塊を作り出す。これが私の精一杯だ。

体の中からかき集めた魔力をポルカの口元に持っていき、患部に当てると魔力の塊はすっと吸収されてなくなった。

ポルカは自分の身に何が起きたのか確認するかのように、数十秒ほどぱちぱちと瞬きをしていた。やがて不快感がなくなったのか、尻尾を地面に叩き付けるのをやめて、おとなしくなった。

どうやらうまくいったようで、ほっとする。

「ありがとう。すっかり機嫌がよくなったようだ」

なんとかお役に立つことができたようだ。お世話係としては上々の滑り出しだろうか。

「ところで……君には癒やしの力がないと聞いていたが」

ふとした問いかけに、羞恥で顔が赤くなった。

いつまで経っても、自分の出来の悪さを人に知られている――出来損ないだと突きつけられるのは苦しい。

「すまない。その件に関してはどうこう言うつもりはない」

マーガス様は私が黙り込んでしまったのを気にかけてくださったようだ。

「実はほんのちょっとだけ、あるのです。癒やしの力」

私の魔力は皆無ではない。けれど痛みを和らげたり、不快感を抑える程度で精一杯で、外傷を治癒することはできない。

「隠していたのか？　それならばあのような扱いを受けることもなかったろうに」

「直接的な解決には、なりませんから……それに、騎竜には効くみたいですけれど、人間にはどうか……」

「人は必要に迫られた時、秘められた才能が開花する場合がある。調べてもらおう」

マーガス様が、私の手を取った。

「そうすれば、君は正当な評価を得られる。自分で自分の人生を好きに選べるんだ。いや、君が国家治癒師の資格を得たとしても、それよりもいい待遇で君を……」

「きゅっ！」

ポルカの可愛いらしい鳴き声が会話を遮った。餌をもっとよこせ、のおねだりだ。餌を補充したけれど、どうやらご希望の品ではなかったらしく、ぶんぶんと首を振る。

「待っててね。食料庫で騎竜が食べられるものを探してくるから」

騎竜は雑食だ。何かしら与えてもいい食材が見つかるだろう。

「その前に、自分の食事をなんとかしてはどうだ」

マーガス様にそう言われて、急にお腹が空いてきた。考えてみれば、急いで出てきたのでパン一つ口にしていない。

「あ、そ、そう……ですね……」

「ぎゅっ！　ぎゅっ！」

お腹は空いた。けれど、ポルカは早く何か持ってこいと私を急かす。

「……ポルカが待っているのでその後で」

「ふっ……ははっ……」

――突然、マーガス様が、笑った。

そんなにおかしなことを言っただろうか？　偉い方の笑いのツボはよくわからない。

「すまない。自分のことよりポルカを優先するなんて、おかしな奴だ、と」

――それって、マーガス様も一緒ではないですか？　と軽口を叩きそうになって、口をつぐんだ。いくら素敵な方だと言っても、馴れ馴れしくしてはいけないわ。

「朝から白身魚のフライだなんて、とっても豪勢……」

私の感嘆に、厨房から顔を出したミューティは誇らしげに、にやにやとしている。

「珍しい物好きなのか、こちらに来てから凝ったものばかり作りたがるんだ。付き合ってやってくれ」

「嬉しいです」

料理はどれもおいしかった。マーガス様はゆっくりと紅茶を味わっている。私の前にもカップが出されたので、一口飲んでみる。……とてもおいしい。

「お茶を飲み終わったら、ポルカの昼食までどうしていればいいでしょうか？」

「ゆっくりすればいい」

その言葉は昨日も聞いたけれど、マーガス様は私を怠けさせて、一体全体どうしたいのだろう。毎日忙しくすることが生きがいだったような私としては、急にぽんと放り出された感じがして、落ち着かないのだった。

「私、騎竜のお世話の他にも色々できると思います」

「色々、とは……例えば、何を？」

マーガス様はちらりと目線を上げて、私をじっと見つめた。

「洗濯、草刈り、簡単な帳簿つけですとか……何か……何でもいいんです。お仕事をいただけませんか？」

「……それでは、手紙が来たらまとめて書斎に持ってきてくれないか」

私の懇願に、なんとか新しい仕事を捻り出してもらった。それくらいなら私にもできるだろう。

「はい、わかりました！　ありがとうございます」

次の目標が出来たことにほっとする。この調子で、任せてもらえる仕事が増えていくといいのだけれど。

「不安になるのはわかる。俺はせっかちだから、こうしている間にも何か起きているんじゃないか、今のうちになあなあになっていることに着手すればもっと効率がよくなるんじゃないか。そんなことを考えて、いつも落ち着かない」

「マーガス様も、ですか」

私の目には、彼はいつでも自分のやるべきことをわかっていて、迷いがないように見えている。けれど、そうではないらしい。

「あいまいな態度を見せると、部下の士気に影響する。だから常に気を張って生きてきた。そうして今では『祖父ゆずりの頑固者』と言われて、もうほとんど腫れ物扱いだ。けれどそれは俺の望むところではないから、君には率先して寛いでもらいたい」

頷くべきなのか、否定すべきなのか悩ましいところだ。だって、私の目から見たマーガス様は『優しいけれどよくわからないあいまいな人』だから。

「今日のお仕事は？」

考え事をしていると、庭が一望できる食堂の窓から、ラクティスがぬっと顔を出した。

「ルーティンが終われば自由時間」

「だそうです。では奥様、俺は遊びに行きますね。またお昼に」

ミューティから食事と紅茶の載った盆を受け取って、彼はそのままいなくなった。観光のために王都に来たというのは本当のことらしい。なるほど、彼を見習うべきのようだ。

「……もうこんな時間か。それでは夕食時に、何をしたか聞かせてくれ」

マーガス様は時計を見て、立ち上がった。昼食には顔を出さないらしい。つまり、お話ができるのは今だけ。

「……特に何もなければ、それはそれでいい。……手紙のことはよろしく頼む。騎士団以外、中には誰も入れないでくれ」

「特別なのは、騎士団だけ、ですね」

「ああ。例外はない。たとえ王家でも、だ」

マーガス様は念入りに繰り返した。神妙に頷く。この言葉は絶対なのだ。

とは言っても。いつ手紙が来るのだろうと、まだそんな時間でもないのに私は玄関ホールのあたりを落ちつきなくうろうろしている。

ポルカは朝の運動と食事を終えて満足したのか、芝生の上で丸くなって、私に構ってくれない。

屋敷の中は清潔で、私が手を加えるべき場所は見当たらない。

ゆっくりしろと言われても、何も思いつかない。読書をしようにも、マーガス様は書斎にいらっしゃる。お邪魔できるはずもない。やることがなさすぎて、服まで着替えてしまった。

――何か、何かないかしら？

動いていないと、妙なことを――自分の先行きだとか、世の中に対する不平不満とか、考えても仕方のないことを考えてしまう。

「何をしたらいいと思いますか？」

なんのあてもなく、ローラン様の肖像画に話しかけると、不意に玄関のベルが鳴った。

郵便にしては随分と時間が早い。何か重要な急ぎの連絡に違いなかった。

「マーガス・フォン・ブラウニング様にお目通りを」

扉を開けると、そこにはいかめしい顔をした男性が立っていた。美しい意匠のあしらわれた箱を大事そうに抱えた上着の胸元には、王家の紋章が輝いている。マーガス様は高位貴族。王家とやりとりがあって当たり前だろう。

「お手紙は、私が受け取ってお渡しすることになっています」

マーガス様ははっきりとそう言ったのだから、これは不敬にあたらない。しかし、使者の顔には「不愉快」の文字が浮かんでいた。

「第三王女セレーネ様からの親書です。使用人の手に渡すことはできかねます」

冷たい瞳と、つっけんどんな口調がますます鋭くなる。こうなるとラクティスの不在が悔やまれた。彼がいれば対応してもらえたのに。

今は使用人の制服を着ていないけれど、私は「そう」としか見えないのだろう。自分だって納得できないのだ、私がマーガス様に近しい人物に見えるはずがなかった。

「マーガス・フォン・ブラウニング様にお目通りを」

使者はいらいらしたように声を張り上げ、同じ言葉を繰り返した。

「い、今……」

「何の騒ぎだ」

お呼びします、と答えそうになった瞬間。マーガス様が書斎から出てきてしまった。

「この使用人が取り次がないと意味不明なことを申すのです。閣下、このような不出来な人間を取り次ぎに置くのは、ブラウニング家の名前に泥を塗ることになりますぞ」

「使用人？」

マーガス様がゆっくりと私を見て、思わず目を逸らしてしまう。

「彼女がそう言ったのか？」

「いいえ」

何を明らかなことを――と、使者は慇懃無礼に笑った。

「彼女は私の妻だ」

「は？」

俯いたつむじに、使用人の面食らった声がぶつかった。

「聞こえなかったか？　彼女は私の妻だ、と言ったんだ」

マーガス様はぐい、と私の肩を抱き寄せた。

「な……」

何を言っているのだ――と、心の声が聞こえたような気さえした。

「そのような連絡は受けておりませんが」

ごほん、と咳払いの後、使者はなんとか気持ちを立て直したようだ。

「赤の他人に報告をするほど暇ではない。気になるなら本邸に問い合わせろ。ついでに、取り次ぐなと言ったのは私の指示だ」

「……左様でございましたか。大変失礼いたしました。しかしながら、私にも使命がありますす。どうぞこちらをお納めください」

恭しく差し出された書簡に、マーガス様は手を伸ばさなかった。

「受け取らない。それがお返事です、とお伝えしろ」

マーガス様の言葉を聞いて、使者はわなわなと震え始めた。さすがに、ここまで冷たくされてしまっては我慢の限界——ということだろうか。

「それがブラウニング公爵家の総意であると？」

「もちろん」

王女からの書簡を受け取らずに突き返すマーガス様の真意はわからないけれど、何かとんでもなく恐ろしい事態が始まりそう——いや、もう起きてしまった後なのだろうか？

使者はこれ以上の押し問答は無意味と悟ったのか、屋敷を去った。馬車の音が聞こえなくなってから、マーガス様は、ふう、とため息をついた。

「あれだけ言っておけば、もう来ないだろう」

「よろしかったのですか？」

「ああ」

王家とブラウニング公爵家の関係性も、マーガス様の交友関係もわからない。彼がそう決めたのなら、私が口を挟むことではないのだろう。

「嫌な思いをさせてすまなかったな」

「いえ、紛らわしい言動をした私がよくなかったので……」

抱き寄せられた肩から指先の熱が伝わって、妙に落ち着かない。もじもじしていると、マーガス様はぱっと手を離した。

「妻だと言ったことが嫌なら謝る」

嫌だ、とかそういう感情ではない。ただただ、わからない、のだ。

「いえ、でも、ど、どうしてですか……？」

騎竜のお世話係が欲しいのはわかる。けれど、それなら普通に雇えばいいだけだ。冗談ではなくて、マーガス様は私を対外的に妻として扱おうとしている。

――理由がわからない。

私の問いに、マーガス様は困った顔をした。

「早朝に話すような内容ではない。……これ以上、君に迷惑はかけないようにする」

――そんなことを、言われても。

「早朝がダメなら、一体何時ならいいのだと思う？」

「ぎゅっ！」

ポルカは昼ご飯を食べながら、私の問いかけに適当な相槌を打った。

人間が何らかの鳴き声を発した時は、ほどよく鳴いてやれば喜ぶと学習しているのだ。

「マーガス様って一体、何をお考えだと思う？　あなたは詳しいでしょう？　このお屋敷で何が起こっているのか」

つっけんどんな言動のマーガス様は恐ろしかった。きっと手紙の差出人に対してお怒りなのだと思うけれど、優しいところと、厳しいところの温度差で風邪を引きそうだ。

「ぎっ、ぎゅーっ」

ポルカの声は楽しそうだけれど、もちろん私の疑問に答えてくれるはずもなくて、真実に辿り着くことはできなさそうだった。

「話を聞いてくれてありがとう。私はお昼ご飯を食べるから、もう行くわね」

「きゅ～」

ポルカは私に向けて、からっぽの餌桶をひっくり返してみせた。ご飯を全部食べたんだから、おやつをちょうだい――彼女はそう言っているのだ。

「わかったわよ。ちょっと待っててね」

確か青菜があったはず、と厨房に入ると、しゃくしゃくと軽快な音と共にふわりと爽やかな香りが漂ってきた。ミューティがはじっこに小さく座り、林檎をかじっている。今は林檎の季節ではなく、北方から取り寄せたものは高級品だ。実際、指の隙間から皮に押された焼き印が見えている。

「旦那様が皆で食べろと取り寄せてくださいました。ついさっき届いたばかりです」

「お優しい方なのね」

皆と言えば、この屋敷にいる全員――つまりポルカも含まれるだろう。

「食べるなら剝きますよ。お茶でもお入れしましょうか」

「騎竜は芯まで残さず嚙み砕けるから大丈夫よ」

と返事をすると、ミューティはあいまいな笑みを浮かべた。何か変なことを言っただろうか、と思いながら木箱から林檎を取り出す。食欲旺盛なポルカに全部見せるとそっくり平らげてしまうだろうから、まずは一つだけ。

庭に戻ると、ポルカは地面を見つめながら、ゆっくりと歩いていた。

――何かを見ている？　目を凝らすと、緑の芝生の間で何かがうごめいているのが見えた。蛇かネズミ……いや、違う。

どうやら、ポルカは巣から落下してしまった小鳥のヒナを追いかけているようだ。小さな生き物をいたぶって遊ぶような性格ではないと思うけれど、小鳥は生きた心地がしないだろう。

「ポルカ、林檎よ！」

声をかけると、彼女はあっさりとこちらに向かってきた。一口で林檎を丸かじりしている間に柵の中に飛び込んで、急いで小鳥を回収する。やはり、まだ巣立ち前のヒナだ。

極力痛みを感じさせないようにエプロンに包んで、林檎を食べ終えたポルカが「私の縄張りに入ってこないで！」と怒り出す前にさっさと撤退する。

「やっぱり羽が折れているわ」

手の平に乗せた小鳥はぐったりとしており、庭で親鳥がヒナを捜している気配はない。このままだとそう長くはないし、今日を生き延びたとしても、野生下ではとても成鳥になることはできないだろう。自然の摂理と言えばそれまでだけれども……。

うまく成長できなくて、弱くて、親に見捨てられて。まるで私みたい。

そんな感情が胸をよぎって、どうしても諦めがつかない。

じっと見つめていると、ヒナがうっすらとまぶたをあけて、私を見た。まるで「助けて」と言っているみたいだ。

——飼おう。


「マーガス様、今少しだけ、お時間よろしいでしょうか」

書斎の扉をノックすると、マーガス様が思いのほか早く顔を出した。彼の表情に朝の不機嫌の名残は見当たらない。

「どうかしたか」

マーガス様にじっと見つめられて、声が出せなくなってしまった。彼の名誉のために言うと、恐ろしいわけではない。ただ、自分に自信のある人は視線をぶつけることにためらいがないのだな、と性質の違いを感じてしまうだけだ。

「話しにくい内容なら、中に」

「い、いえ、すぐに終わります」

希望を伝える、ただそれだけに、そこまでマーガス様のお時間を奪うことはできない。

「一つ、お願いがありまして……」

「何か思いついたのか。ゆっくり聞かせてもらおう」

部屋に招き入れられる。マーガス様は大層な内緒話だと思っているのかもしれない。

「それで、どうしたんだ」

真剣な表情に、なんだかとても申し訳ない気持ちになってくる。

「あの、その……お給金の、前借りを、お願い、したいのですが」

私の言葉に、マーガス様の目が少しだけ見開かれた。

「どうしても欲しいものがありまして……」

言ってしまった。言ってしまった！　初日から給金の前借りなんて、浅ましいことを言ってしまった。マーガス様は案の定呆れているのか、眉をひそめて、言葉もないようだ。

私のお給金がいくらかはお尋ねしなかったけれど、お給金から生活費が天引きされて、今月分はマイナスに違いない。専門的な知識が必要な仕事とは言え、新入りが言っていいことではなかったかもしれない、と不安になる。

「今月が足りなければ、来月分からでも……」

けれど、小鳥の面倒を見ると決めたのだ。恥ずかしくても、情けなくても、今はマーガス様に頼み込むしかない！

「給金……？　ああ、そういうことか。いくらを希望する？」

「ええと……三千ギット……いえ、五千ほどあれば足りるかと」

「随分少額だな」

マーガス様は胸元やズボンのポケットに手を当てたけれど、小銭は入っていないみたいだった。

「小鳥の身の回りの品と、往復の交通費です」

小鳥？ とマーガス様は首をかしげた。その仕草が、ポルカにそっくりだったので少し笑いそうになってしまう。正しくはポルカがマーガス様の真似をしているのだろうけれど。

「木から落ちてしまったヒナを拾いまして。面倒を見てやりたいのです」

「ああ……。なるほど。わかった。それ以外は？」

会話が続くとは思っていなくて、無言になってしまった。他には何か報告はないのか？ということだ。毎回些細なことで指示を仰がれてはかなわないだろう、忙しいのだから。

「林檎をありがとうございました。ポルカは喜んで食べていましたよ」

「……人間用だ」

「ミューティもおいしいと」

「君は？」

「食べていません」

マーガス様はがっくりと肩を落とした——ように見えた。

「あれは……君のために取り寄せたのだが。気にするだろうなと思って全員分だ、とは言ったが……」

「わ……わざわざ、申し訳ありません。ありがたくいただきます」

「いや。確かに、贈り物にしてはいささかわかりづらかった。すまない」

私が「林檎が好きです」なんてどうでもいいことを口走ったせいだ。余計な気を遣わせてしまった。

「す、好きは好きです。本当に。私は本当に好きなんです」

苦し紛れで林檎が好きと言ったわけではなくて、本当に林檎が好きなのだ、今は食べる時間がなかっただけで、後でありがたく頂戴するつもりだと主張したかっただけなのだが、あまりに見苦しかったからか、マーガス様は口に手を当て、私から目を背けた。

「すみません」

「謝る必要はない」

頭を下げて俯いていると、頬に手を当てられて、びっくりして顔を上げる。マーガス様の瞳がじっと私を見つめていた。

その寒々しいけれど優しい冬の色をした瞳に、見覚えがあった。一体どこで——？

「給金の前借りだったな。行こう」

マーガス様がふいと視線を外したので、それ以上記憶を辿ることができなかった。

行こうって、どこへかしら。と思いつつマーガス様の後についていくと、行き先はすぐそばにある私がお借りしている部屋だった。

「鍵束を」

トランクの内ポケットに大事にしまい込んである、鍵束を取り出そうとする。

「はい……あ、ああっ！」

換気のためにわずかに開けていた窓から風が入ってきて、鍵束に引っかかっていたウェルフィンの羽根が、ふわりと床に落ちた。

——まずい。

里でお預かりした騎竜の亡骸は私物化してはいけない。牙や羽根を加工するのは主人の特権だ。つまり、これはいくらウェルフィンが直接私にくれたからと言っても、厳密には業務上の横領になるわけで……。

「あ、あのあのその、あのそれはその、えっと」

マーガス様は羽根を拾い上げ、真剣な表情で上から下から、眺め回している。

「ほ、ほほほ、本人から、貰ったんです。いえ、本竜っ」

「彼から？」

ぶんぶんと首を縦に振ると、マーガス様はトランクに羽根を戻してくれた。

「申し訳ありません、本当は駄目(だめ)だと知って……」

「騎竜にだって、自分の意思で何かを選ぶ権利はある。騎竜の羽根は信頼の証(あかし)、幸運のお守りだ。その気持ちを大事にしてやってくれ」

「は……はい」

　どうやら不問に付されたみたいで、ほっとした。

　マーガス様は鍵束の中の一番小さなものを選び取った。どうやら衣装棚の奥にある金庫の鍵だったらしい。中に入っていた袋(ふくろ)から、じゃりと金属がこすれ合う音がした。

「この部屋にこんなに大金が……」

　袋の中に銀貨は入っていなくて、全て金貨らしい。金庫の存在は知らなかったけれど、簡単に入れる所にあるなんて不用心と言うべきか、ブラウニング公爵家のような大貴族にとってはこれは小銭同然なのか。

「ありがとうございます。では一枚だけお借りします」

　一年分のお給金どころではない金貨の圧に、くらくらする。金は魔力を帯びるからそのせいかもしれないけれど。指でおそるおそる一枚つまむ。十万ギット。大金だ。

「君の給金はここに。毎月補充されるようにしよう」

「ま、ま、毎月!?」

　思わず、間抜けな声を上げてしまった。

「そ、そんなはずはありません。これが私の給金だなんて、そんなはずはありません」

「では、君が思う伴侶としての適切な金額はいくらだ？」

「それは……その……」

　言葉に詰まった。たとえお給金がなくたって、今の待遇で十分満足している。多少貯金が出来れば、次の仕事に向かう時に大変心強いとは思うけれど、私がいくら欲しいという話ではなくて、マーガス様が自分自身に値段をつけるのだから、私が金額の多寡にごちゃごちゃ文句を言うのはおかしいのかもしれない。

　——となると。

　きっちりとお辞儀をして、まずはお礼を言う。

「ありがとうございます。しっかり管理して、使うべき時にはご報告します」

「報告はいらない」

……使わなければ報告することはなく、マーガス様の手を煩わせることもない。

「はい。申し訳ありません、マーガス様はお忙しいのに」

「君に割く時間は無駄だと思っていない」

　親切な人だ。優しすぎて、失礼ながら軍人には向いていないのかも、と思うほどに。一見とても厳しそうな方に見えてしまうマーガス様だけれど、彼がこんなにも優しいことを、他の人たちは知っているのだろうか。……私がすぐにわかるぐらいだもの、そんなことを感じるのは逆に失礼かもしれない。

「早速、お買い物に行こうと思います。何かお使いはあるでしょうか」

「特には……。話を聞けば聞くほど、君は令嬢らしくないな。とことん物欲がない」

マーガス様の感想はごもっともだけれど、私はそういう風に育てられていない。ただ、それだけのことだ。

「……私は、穀潰しですので。家のためにはならないから、贅沢はできません」

マーガス様は私の卑屈な言動を聞いて、しばらく黙っていた。本当のことを言ったのだけれど、何か、悪いこと、間違ったことを言ってしまった——そんな気がしてきた。

「俺はそうは思わない」

ゆっくりと顔を上げると、マーガス様は真剣な目で私を見つめていた。

「君は俺にとって必要な人間だ。穀潰しなんて、とんでもない。……どうしたら、そうではないと、理解してくれる？」

そっと頬に手を添えられて、心臓が口から飛び出そうになる。

「い、いえっ！　はい、わかりました、理解しました。私は穀潰しなどではありません。誠心誠意、給金分、働かせていただきますっ！」

「そんなつもりで言ったわけではなく……」

マーガス様は困ったようにほんのわずかに眉を下げて、頬から手を離した。体温が残っているような感覚がして、顔が赤くなる。

「例えば、自由と、大金が手に入った時。何かしてみたいと夢想したりはしないのか」

「夢想……」

考えを巡らせたが、特に何もなかった。だって、必要なものは全て揃っているし、欲しいもの……綺麗で立派な住み処に広いお庭、優しい同僚に雇い主、そして少し手がかかるけれど、国一番の美しい騎竜。それ以上、一体何を望むと言うのか。

「言ったはずだ。ここにいる間は、望みを全てかなえると。何かして欲しいことは？」

一つだけ知りたいことがあるとすれば。マーガス様のお気持ちだ。けれどそれは、わがままがすぎると言うもの。

「……いえ。今で十分、満足です」

「それでは……そうだな、朝食用のジャムを買ってきてくれ。味は君にお任せする」

「……はい、わかりました！」

嬉しい。それなら、私にもできそうだ。どんどん任される仕事が増えて、とても嬉しい。

「この辺に乗合馬車なんて停まりませんよ。貴族のお屋敷なんですから」

と散歩から戻ってきたラクティスに告げられ、おとなしく送迎をお願いすることにした。御者台に座っている彼の表情は読めないけれど、少なくとも機嫌はよさそうで、聞き覚えのない民謡を口ずさんでいる。

「奥様が買い物に出てくださると、出かける口実が出来て助かります」

「お出かけが好きなのね」

「山から都会に出てきたんです。楽しまなければ損でしょう？　その分、仕送りだのお土産だの、かさみますけどね」

「仕送りをして、家族思いなのね」

どうやら二人は本当に純粋に観光、あるいは一旗あげるためにマーガス様についてきたらしい。悲しい話は特に何もなく、故郷には親族が沢山いると聞いて、他人事ながらほっとしてしまう。

「家族思い？　奥様ほどじゃありませんよ。マーガス様にいただいた支度金を、そのままご家族にお渡ししてしまうんですからね」

その言葉に、ゆったりと背もたれに沈めていた体を起こす。急に不安になったのだ。

「その件でマーガス様は、怒っていらっしゃるかしら」

今更、何も持たないでやってきて全ての支度をお任せしてしまった私が言うことではないだろうけれど、家族が私の権利を売却したお金をそっくり着服したのは明らかだ。何も尋ねられていないけれど、なんて失礼な一族だと呆れられていてもおかしくはない。

「まあ、嫁にするための必要経費と思えば安いものですよ。これでクラレンス家との縁が切れるならね」

「……マーガス様はクラレンス家の人たちがどのような性格かご理解の上で、話を持ち掛けてきたということ？」

「奥様があの家に馴染めていないのはよくご存じですよ」

家単位ではなく、私個人を見て採用の可否を決めてくださったことはありがたい。けれど、やはり元々の疑問が頭をもたげる。

「その、奥様って……何だと思う？」

問いかけに、ラクティスはまるで言い聞かせるようにゆっくりと口を動かした。

「私とミューティはマーガス・フォン・ブラウニングがあなたを妻と定めた理由について、知りません」

すぱっとした物言いに、嘘はないと思えた。

「……私たち二人は初め、ブラウニング公爵邸に勤める予定でした」

ラクティスの話にじっと耳を傾ける。彼は私の知らないマーガス様を知っている。注意深く話を聞いておかなければ。

「部隊が王都に到着後、妹と一緒に移民の居住許可申請の列に並んでおりました。手続きが終わり次第公爵邸でこの国の常識を学んだあと、しかるべき部署に配属されるはずだったのですが……」

「ですが？」

「いざ合流。となった時、公爵邸から、カンカンになった旦那様が飛び出してきて、そのまま祖父であるローラン様の屋敷に移り住んだのです。それで、我々も一緒に」

「その時、どうしてマーガス様は怒っていらっしゃったの？」

「さあ……それはなんとも。ただ一つ言えるのは、どこからの仲裁も断っていると」

王家からの書簡を突き返したマーガス様の様子が脳裏に蘇った。

「マーガス様のご両親からも？」

「もちろん、真っ先にお父上であるご当主様から連絡が来ましたよ」

「でも、駄目だったのね」

「ええ。……旦那様はお父上になんて言ったと思います？『俺が跡取りにふさわしくないと思うなら、勘当してください。俺は一向に構いませんから』ですよ。それで、もう何も言えなくなってしまったのか、そのままです。まあ、こちらの方が城にも近いですし、特に不都合もなかったので、我々はそのままローラン様の屋敷に居着きました」

何も教えてもらえないのだから、その件については気にするつもりはない、と言ってラクティスは馬に鞭を入れた。

「ローラン様の後妻探し、あなたは聞いていた？」

「いいえ、まったく」

「……では、世話役の嫁探しはマーガス様の独断で？」

あの方が、独りでそのようなことを考えて実行に移すとはあまり思えない。

「ありえません。お隠れになる直前までよくお二人は話し込んでいましたし、何よりローラン様は亡くなられた奥様一筋の方でした。付き合いの短い俺たちにもわかることです」

「マーガス様とローラン様の関係はよかったのね」

「おじいさん子だったそうですからね。すでにお察しかもしれませんが、旦那様はご両親とは仲がよくありません。ご両親がなんでも勝手に決めてしまうので遅れてきた反抗期と……」

ラクティスはまるで喋りすぎたから口をつぐもう、と襟を正したみたいに言葉を切った。

「まあ、そのようなわけで。反抗期なので、あの屋敷に引きこもっているのです。理由は知りません」

何か勝手をされたことにマーガス様は怒っている、というところまではわかった。

「ローラン様は生前その件については仲裁されなかったの？　それともそれでも聞く耳を持たない、と？」

「大人のすることですからね。『孫の味方になってやってくれ』とは言われましたが」

「マーガス様の、味方に……」

つまりローラン様は何かしらのゴタゴタについて、マーガス様の側についていた。

「ですから私たちは公爵家ではなくて、マーガス青年本人の味方、ということですね」

微笑みながら振り向いたラクティスは年相応の青年の顔をしていた。

どうして二人があの屋敷の住人なのかがわかった。公爵家になんのゆかりもない、生まれ育った国も身分も違う、けれど信頼できる人をマーガス様は選んだのだ。

「ですから、彼の個人的な決断に口を挟むことはいたしません。ローラン様の葬儀をひっそりと終えた後、突然『アルジェリータ・クラレンスという女性をここに連れてこようと思う』と言い出したとしてもね」

「私を……」

とうとう、核心に触れることができるかもしれないと、身を乗り出す。

「もちろん尋ねましたよ。なんのためにですか、と。そしたら『妻にしたい』と。そうですか、と言われた通りの日時に、その女性を迎えに行った。そうしたら、急に騎竜の世話係だ、なんて言い出して」

「騎竜のお世話係として、私を呼んだのではないの？」

「ポルカは暴れ竜ですが、投げ出さない程度の根性はあるつもりですよ」

ラクティスが静かに馬に鞭を入れた音がした。山岳民族であれば、荒っぽいことには慣れている。それは当然のように思えた。

「何がどうなってそうなったんだ、と思いましたが双方納得しているようでしたし、まあいいかと。ミューティはもう少し、奥様の侍女っぽいことをしたいらしいですけどね」

私ではなくても、ポルカの世話はできる。それは当たり前だ。けれど、人出不足なわけでも、騎竜の世話係でも、老将軍の後妻でもない。

――マーガス様は、もともと私を知っていたのだ。知っていて、最初からそばに置くつもりで私を呼び寄せた。

「どうして……？」

「旦那様が妻の条件として提示した内容に、完全に合致しているからじゃないですかね」

それだけで、接点のない私をマーガス様が妻に求めるとは思わない。けれど、ラクティスはマーガス様のお心までは知らないと言う。

「……そんな人は、沢山いるわ」

「そうですかね？　ま、詳しい話はそれこそ旦那様にお伺いしたらどうですか」

「……早朝にする話じゃないって」

「なら、夜に行けばいいでしょう」

「よ、夜って……！」

あまりにさらりと言われたので、絶句してしまう。

「何も寝室に突撃しろとは。……旦那様は夜遅くまで書斎にいらっしゃるんです」

呆れたような物言いに、過剰に反応したのがとてつもなく恥ずかしくなった。

「……そうね。でも……お邪魔じゃないかしら？」

「疲れている時にお茶の差し入れの一つもするのが、妻ってものです。そのために、奥様の部屋は階段を下りると食堂に、そして書斎に近いわけです」

「なるほどね……」

あの屋敷では私が奥様である。そういう「ルール」で動いている。だから謎が解明されるまでは、私も彼らの流儀にのっとらなくてはいけない。


小鳥の餌や無花果のジャムを購入して、特に寄り道をすることもなく、小鳥のもとへ向かった。

林檎の木箱の中で、小鳥は小さな胸を膨らませて、じっとしている。なんとか付け焼き刃の知識で添え木をしてやってから、餌と水を用意したけれど、小鳥は相変わらず民芸品のお土産物のように硬直したままだ。

「痛くないいわ」

そっと手をかざして魔力を込めると、小鳥はわずかに身震いをした後、ゆっくりと餌を食べ始めた。痛みが和らいだのだろう。私の力は騎竜だけではなく、小鳥にも効果があるのかもしれない。もしそうだとしたら、嬉しいことだ。

「よかった……」

少しずつでも餌を食べ、体力を回復してゆけば、飛べるようにはならなくとも命をつなぐことはできるだろう。

嬉しくなって、そのまま小鳥がついばむ様をじっと見つめていると、すっかり夜が更けてしまっていた。

水でも飲もうかと思って廊下に出ると、書斎の扉が少し開いていて、柔らかな光が漏れているのに気が付いた。マーガス様はまだお仕事をしているのだ。

昼間の会話が蘇る。お手伝いをするのも、妻の務めだと。

何か、できることはあるだろうか？　私が妻だと言うのなら、書斎を訪ねるのは別におかしなことではない。だって、本当の事情はマーガス様しか知りえないのだから。皆がそういったルールで行動している以上、私が輪を乱すのもよくないことだ。

——お声をかけてみよう。これは、大事な話なのだから。

深呼吸をしてから、控えめに扉をノックした。返事はない。

「マーガス様……？」

返事はなかった。すでに寝室へとお戻りになったのかもしれない。

おそるおそる扉を開けてみると、机の前に人影はなかった。代わりに、マーガス様がソファーの背にもたれかかって眠っているのが見えた。お疲れのようだ。

……話をするのはどうやら無理なようね。

起こすのは気が引けるし、抱きかかえて運ぶことなんてできやしない。毛布を持って書斎に戻ると、マーガス様の眉間にしわが寄っていた。

先ほどまではそんな様子ではなかった。どうやらマーガス様は今、嫌な夢を見ているみたいだった。

「マーガス様」

もう一度、声をかけてみる。返事はないけれど、眉間のしわがより一層深くなった。怒りというより悲しみ、苦しみ――ランプの灯りに照らされたマーガス様は、とてもつらそうに見えた。

「……失礼します」

うっかり触れてしまわないように、そっと額に手をかざして魔力を込める。ぼんやりとした魔力では、まぶしさで目を覚ますことはないだろう。

上手くいくかどうかはわからないけれど、きっと何もしないよりはマシだと思う。悪夢を見て、冷や汗をかきながら目覚めることほど嫌なものはない。夢の中で痛みや苦しみを感じているのなら……私の力が、少しでもいい方に作用してくれたら嬉しいのだけれど。

しばらくそのままでいると、マーガス様の表情が少しずつ和らいできた。効果があった……のかもしれない。

普段の威厳のある姿とは違って、少年のような寝顔を見ていると、不思議と私の気持ちまで温かくなってくる。

――いけない、そんなこと思ってはいけないのに。

私はあくまで雇われている立場。出すぎた感情を持てば、きっと、またつらい目に遭う。

これ以上を望むのはやめようと、かざした手をそっと引っ込めようとした、その時。

「アルジェリータ……」

マーガス様の手が伸ばされて、私の手首を摑んだ。

「……っ」

心臓が飛び出そうになった。叫ぶのをこらえた自分を褒めてあげたいぐらいだ。

「……」

名前を呼ばれたけれど、マーガス様のまぶたが開かれて、その瞳が私を見つけることはなかった。どうやら夢に私が出演していて、寝言で名前を呼ばれただけのようだ。

――起きなくて、よかった。

もし、マーガス様が目覚めてしまっていたら、きっと嫌な気持ちになっただろう。眠っているところをじっと見られていたなんて、恥ずかしいに違いないもの。

息を押し殺して硬直していると、マーガス様の手が緩み、手首は解放された。口元がわずかに微笑んでいるので、私が夢の中で怒られている可能性はないみたいだ。

毛布をかけて、足音を立てないように静かに書斎を出て、一息つく。

マーガス様はきっと、戦場だったり、ご両親とのいざこざだったり、とにかく嫌な夢にうなされているのだろう。

それに比べると、私の悩みなんて、なんて些細なことなのかしら。

煩わせるようなことはやめようと、静かに部屋に戻った。

三章 ✦ 一緒にお散歩を

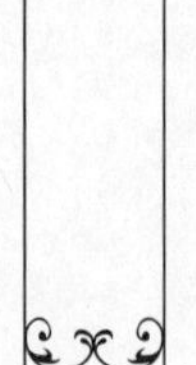

私がこのお屋敷にやってきて、五日が経った。朝が来るとポルカの面倒を――彼女の様子を見てやって、食事と水を与える。次に小屋の掃除をして、食後の毛繕いをしてやる。そのあとはマーガス様に挨拶をし、自分の朝食を食べてから通いの使用人を出迎える。あとは彼らに任せるだけで、たまにポルカが鳴いたら様子を見に行く。郵便が来たら受け取って、それを分別してマーガス様に渡す。合間にポルカの様子を見ながら、マーガス様に差し入れるお茶の用意をする。

それ以外は、することがない。馬の世話でも手伝いましょうか、とラクティスに言ったら「これは私一人で作業したいので」とすげなく断られてしまうし、ミューティは食堂の仕事を明け渡してはくれない。マーガス様のいらっしゃる書斎から本を借りて勉強をしているけれど、それも集中力が長くは続かない。

何か仕事を、と思っても「奥様はごゆっくりなさってください」と気を遣われてしまって、手伝わせてもらえない。というより、私が声をかける前に終わっている。

「仕事がない……騎竜が一頭しかいない……」

テラスの椅子に深く腰掛けて呟いたところで、返事はない。

思い返せば、今まで何もすることがない、という状況はほとんどなかった。だから今、余計に困っているし、暇を持て余した結果、マーガス様や実家のこと、これからの自分についての悪いことを考えてしまうのだ。

ポルカの所にでも行こうかな、と目線を庭に向けると、マーガス様がポルカに乗っているのが見えた。

乗り運動をしている！

思わぬ出来事に、体を起こす。

マーガス様の表情は窺い知れない。風に乗って何かポルカに話しかけている、あるいは指示を出している。そんなことがわかるくらいだ。

けれど、きっと彼は優しい顔をしているに違いない。そう思うと、なんだか目が離せなくなって、なんとかマーガス様の顔が見えやしないかと、目を細めてみる。

柔らかな日差しを浴びながら一緒に過ごしているマーガス様とポルカは、まるで物語に出てくる伝説の騎士と騎竜だ。

——あ、こっちを見た。

不躾な視線に気が付いたのか、ポルカがゆっくりと首を上下に動かしながら近づいてくる。もちろん、マーガス様も一緒に。

「日光浴かな」

「ええ、はい。そんなところです。ポルカに乗り運動をさせていたのですね」

「構ってやらないと、すぐ拗ねるからな。俺と一緒だ」

「まあ、そんなことは……」

ありませんよ、と返事をしようと顔を上げると、目が合った。急にこの前の書斎での出来事が思い起こされて、思わず目を逸らしてしまう。

——怪しまれる。

別に悪いことをしたつもりはないけれど、地位のある男性にとっては、悪夢を見てうなされているところを他人が眺めていたなんて、いい気分がしないだろう。

「……先ほど、ポルカに話をしているのが聞こえたか？」

「いいえ」

ゆっくりと首を横に振る。もし私が耳のいい動物だったなら、会話を盗み聞きすることができただろう。でも、人間はそんなことができないのだ。

「そうか」

ちらりと視線を戻すと、マーガス様は少し残念そうな顔をしていた。……まるで盗み聞きしてほしかったみたいに思える。

せっかくのお散歩を中断されて焦れたポルカが、足踏みをして私から離れたがる仕草を見せた。

「ポルカも走り回りたいでしょうし、私、邪魔をしないように戻りますね」

「……。君は、騎竜に乗れるか？」

背中を向けると、まるで引き留めるように声をかけられた。

「い、いいえ」

慌てて、先ほどより大きく首を横に振る。騎乗の訓練は決められた場所で行わなければいけない。私ができるはずがないのだ。……できたら、大問題。そういうことに、しなければいけない。

「そうか」

優しいけれど、寡黙な方ではある。マーガス様は私を見ているけれど、その瞳の奥では何か別のことを考えているようだった。

「では、私はこれで……」

マーガス様はポルカに跨がったまま、すっとこちらに向かって手を差し伸べた。

「……っ」

初日に握手をしたはずなのに、なんだか気恥ずかしくて、その手を取るのを躊躇った。

私を本当に妻にしようと思って呼び寄せたのなら――それは、私を使用人ではなくて、異性として認識しているということだ。その可能性に気が付いてしまうと、なんだか非常に落ち着かなくて、汗が出てくる。

マーガス様は私にレッスンを付けてくれるつもりなのだ。騎竜には乗りたい。乗りたいけれど、その手を取っていいものか。だって、つまりそれは相乗りをしよう、の意味だから。何しろこのお屋敷には騎竜が一頭しかいないのだもの。もちろん、嫌なわけではない。でも恥ずかしい。でも、乗りたい。

「こちらをじっと見つめていたから、乗りたいのかと……」

「乗りたくないわけでは、ありませんが……お手間をかけさせては、と……」

どうしようかともじもじしていると、ポルカが再び焦れたように足踏みをする。彼女に台詞をつけるとしたら『ねえマーガスったら、こんな女のことは放っておいて、早く向こうに行きましょうよ！』だろう。

「ポルカが早く乗ってくれと言っている」

「ぎーっ」

一対二で急かされては、さすがに断り切れない。おそるおそるマーガス様の手を取り、体を引き上げてもらう。

「……ぎっ」

ポルカは首を曲げて、じろり、と私を見た。琥珀色の瞳は『今回だけなんだからね』と言いたげだ。

　マーガス様の腕の中にすっぽりと体をおさめると、ポルカはのそのそと動き出した。人間で言うなら、抜き足差し足——そのぐらいのゆっくりさ。

「怖いか？」

「いいえ。大丈夫です」

「筋がよさそうだ」

　怖くないのには訳がある。実は、私は何回か騎竜に乗ったことがある。もちろんこっそりで、騎乗免許を取れるほどではないひよっこだけれど。里の騎竜にはまだ元気な子もいて、人から求められていた時代を恋しがって鳴くことがある。そういう時は気晴らしに遊んであげるか、散歩と称して外乗りに行くのだ。もちろん、お預かりした騎竜だから、大っぴらにはできない。暗黙の了解というやつだ。

　だから、私はけして筋がいいわけではないのだけれど、預ける側の貴族であるマーガス様にそのようなことを言うのははばかられて、愛想笑いをするしかない。

　それにポルカはさすがに人を乗せるのに慣れていて、不承不承ながらも、私に気を遣って歩いてくれているのがわかる。

　なんだかんだ、お世話係としては受け入れられているのよね。

　心地よいリズムに揺られていると、自分の頰が緩んでくるのがわかった。

「騎竜に触れていると落ち着く。アルジェリータ、君はどうだ」

「私は落ち着くと言うより、心がうきうきします。ああ、なんて可愛いんだろう、って。でも……そうですね。慣れてきて、首とか胸のあたりを触らせてくれるようになると、羽毛の中に手を入れて、冬は暖を取ったりしていました。その点で言うと落ち着きますね」

私とマーガス様の共通点は人間であること、あとは騎竜が好きということ。騎竜の話ならいくらでもできる。

「人間相手では、心が落ち着かないか？」

「……このお屋敷の人は、好きです。皆いい人ですし。ちょうどいい塩梅なんですよね。頼りにはなるけど、そこまで固くはないので話しかけやすいんです。人当たりのよさを見習いたいぐらいですね」

「……そうか。俺もあの二人を見習うことにしよう」

「い、いえ。マーガス様はそのままでいてください。ラクティスみたいな洒落にならない冗談を言い出したら、どうしていいかわからなくなります」

「洒落にならない冗談とは？」

失言だった。気持ちが弾んで、マーガス様にお世話になっているにもかかわらず、緊張を忘れて饒舌になっている自分を感じる。

「申し訳ありません、それは何とも……」

「嫉妬はするが、深追いはしないでおこう」

もごもごと言い訳をすると、マーガス様は許してくださった。会話が途切れても、ポルカはゆっくりと歩いている。まだ、彼女は我慢をしてくれているみたいだ。

「もう少し、ポルカが嫌になるまではこのままでいいでしょうか」

何しろ、こんな立派な騎竜に乗れるなんて、人生でそう何回もないだろう。

「君が同じ気持ちでいてくれて嬉しい」

マーガス様が足で小さく合図をすると、ポルカは方向転換して、庭の反対側へと向かい始めた。どうやらぐるりと屋敷の周りを一周するつもりのようだ。

「子どもの頃は、自分は大きくなったら騎竜便の配達員になるのだと思っていた」

マーガス様の言葉に静かに耳を傾ける。

「祖父は軍人だったから、物心ついた時から騎竜がそばにいて——それこそ仕事や社交で忙しい両親といるよりも、騎竜と顔を突き合わせている時間の方が長かったぐらいだ」

「騎竜便って、騎竜に乗って物を配達するのですよね。街では見かけませんけれど……」

「ああ、そうだ。市街地で走行するには危険があるが、荒野では馬より騎竜の方が速い」

マーガス様の言葉に、ポルカは嬉しそうに声を上げた。

「ある程度大きくなってからは、訓練と称して祖父に色々な場所へ連れて行かれた。その頃にはもう自分は騎竜便の配達員になれないと理解していたが——寒い所では犬ぞり、暑い所ではラクダ。色々な動物を使役した結果、騎竜が一番好きだから騎士でいいか、と納得できたのは救いだな」

彼の話を聞くたび、私は自分の世界の小ささを感じて、不謹慎ながら——本当に戦場帰りの人に対して不謹慎だとは思うけれど、少し羨ましいと感じてしまうのだった。

「騎竜に乗れると、いろんな仕事があると聞きます。……楽しそうです」

「今からでも十分だ。体幹がしっかりしているから、すぐに人並み以上になるだろう」

「そ、そんなことは……」

私は、少しばかりズルをしているから、褒め言葉に素直になれない。……でも、マーガス様にならば、あの立派で偉大な騎竜——ウェルフィンの話を、してもいいかもしれない。

「騎竜の素晴らしさを広めるのも、俺が祖父から引き継いだ役目の一つだ。貴婦人は騎竜を敬遠しがちだから、ぜひ挑戦してみるべきだ。……もちろん、君が望むなら」

騎竜に乗るためには、専門的な訓練が必要になる。もちろん設備や場所、時間。一介の市民の習い事としては、かなり高額の部類に入るだろうけれど。

「もしできるなら、私も——」

「きゅっ！」

ぜひ騎竜の騎乗訓練をしたいのですけれど、と言う前に、ポルカが予備動作もなく高く跳び上がった。

「――っ！」

マーガス様の腕が私を引き寄せた。思わず体重を預ける形になってしまうが、さすがと言うべきか、がっしりとした腕に抱きしめられると、怖さは感じない。

「ポルカ！」

マーガス様が鋭い声で指示を出したけれど、ポルカはジグザグに走行したり、小さく跳んだり、大きく跳んだり、ぐるぐると同じ所を回ってみたり。

「――ポルカっ！」

マーガス様が今度は少しきつめに指示を出したけれど、ポルカは聞き入れない。本気を出せば人間を振り払うなんてたやすいのだから、彼女は遊んでいるのだろう。いや、もしかして私だけを振り落とそうとして、でもマーガス様がしっかりがっしりと私を抱きしめているから上手く行かなくて、結果こうなっているのかもしれないけれど。

私が平気な顔をしているのが気に食わないのか、あるいは試しているのか。ポルカは素晴らしい脚力で高く跳び、馬小屋の屋根に乗った。

「わぁ……」

目の前が一気に開けて、庭木の向こうに市街地が見えた。色とりどりの屋根が、まるで花畑のようだ。

「……は、はは、あはははっ」

なんだか楽しくなって、とうとう声を上げて笑ってしまった。

「怖くないのか？」

耳元で、マーガス様の意外そうな声がした。

「全然、怖くありません。……ポルカには、期待外れでしょうかね」

「そうか。助かる。このまま、遠乗りにでも……」

と、マーガス様が言いかけた瞬間、ポルカはぴょんと馬小屋から飛び降りて、ぴたりと動きを止めた。マーガス様が押しても、手綱を引いても、気まぐれでわがままなポルカは言うことを聞かない。——私を振り落とせなかったのが誤算で、少しへそを曲げているのかもしれない。

「本当に、お前は……戦場では、こんなことはなかったんだが」

マーガス様は呆れたように、前髪をかきむしった。

国一番の英雄に対して『あんたの事情なんて知らないわ』とばかりにマーガス様を振り回しているポルカが面白くて、とうとう我慢ができずに噴き出してしまった。

「今日は随分、笑うな」

「も……申し訳ありません。楽しくなってしまって……」

「楽しいのはいいことだ。この数年、俺は人を笑わせるということがとんとできなくなっていた。そんなはずもないのに、俺の前では笑ってはいけないとか、粗相をしないように

気をつけよう、と皆が勝手に気を遣う」

　その点ではポルカはわがままに見えて、マーガス様の素の表情を引き出して、心を解きほぐすのに一役買っているのかもしれない。……前向きな物の見方をすれば、だけれど。

「ありがとうございました。とても、楽しかったです。また乗りたいですけれど、ポルカは嫌そうですね」

「そうか？　……そうでもない。信用できないかもしれないけどな。君が騎竜に乗りたいなら、もう少し、のっそりとした動きの騎竜を連れてこようか。もうすぐ繁殖の季節だし、小さいのから育ててもいいかもしれない。そうしたら遠駆けか、あるいは競技会に出るとか……」

　マーガス様はそう言って、ふわりと、微笑んだ。

　突然の提案を頭が理解すると同時に、全身の血が一気に回り始めて、体温が高くなる。

　自分だけの騎竜。もう少しおとなしい性質の仔を、小さい頃から育てて、一緒に訓練をして、野を駆ける……？

「考えただけで、胸がどきどきしてきます」

　……顔が真っ赤な気がして、思わず頬を押さえると、マーガス様は目を逸らした。

「？」

「なんでもない。喋りすぎた」

ポルカは私たちを降ろすと、悪びれもせず、いつもより激しくおねだりの仕草をした。

二人乗せたから、二倍おやつを貰う権利がある——そんな風に言いたげだ。

「はいはい、林檎ね」

厨房から持ってきた林檎を差し出すと、ポルカは二口で平らげてしまった。

「君は本当に、楽しそうに騎竜の世話をするな」

「最初は怖かったです。騎竜がその気になれば人間なんて、弱いものですからね。でも、言葉は通じなくても、信頼には応えてくれるでしょう？　誇り高い生き物ですから」

ポルカは自分が褒められたと思ったのか、ごろごろと喉を鳴らした。

「……元々騎竜に縁はなかったはずだ。なぜ伯爵令嬢である君が、騎竜の里に？」

マーガス様の問いはもっともだった。私も、クラレンス家も、元婚約者のアシュベル家だって騎竜と関わることはほぼない。

「……私は出来損ないなので、せめて人様のお役に立つことをしろ、と」

「それで、親の言われたままに老人の後妻になることを了承したのか？」

「……わかりません。たとえ自分が生きるためだったり、面倒事を押しつけられただけだったとしても、誰かに必要とされることが、嬉しかったのかもしれません」

「では、俺が必要とする限り、ずっとここにいてくれるな？」

マーガス様が私を必要とする理由が、私にはまだわからない。けれど、頷いた。


翌日。いつものように手紙を仕分けていると、私宛のものが二通。

一通は、騎竜の里からの手紙。人手が足りなくなって大変だけれど、大量の寄付をいただいたので今はなんとかなっている、そちらは元気ですか、という内容のもの。

私が抜けて、困っていなくてほっとしたような、もう必要とされていないのがわかって少し残念なような。

お気遣いありがとうございます。私は元気に過ごしています。またお手紙をください。

と返事を書いて、貰った手紙はトランクへ戻す。

だけど、どうして私がここにいることがわかったのだろう。首を捻っていると、ひらりと、トランクのポケットに入れていた羽根が落ちてきた。

――ウェルフィン。

かつて羽根の持ち主だった、年老いた銀色の騎竜のことを思い出す。もし天国があるのならば、彼は今頃離ればなれになっていたかつての仲間たちと再会して、楽しく過ごしているだろう。

「私は今、とても楽しいわ。あなたはどうかしら」

窓から差し込む光に羽根をかざしてみると、うっすらと表面が青く光って、返事をされたような気がした。

そういえば、日誌はどうなったのかしら。

お墓参りにやってきたご遺族とはついぞお顔を合わせることはなかったけれど、やはり大変な名家に連なる騎竜だったのか、寄付金を沢山いただいたそうだ。施設長はせめてものお悔やみに、と私の業務日誌をお渡ししたそうだけれど……馴れ馴れしいことを書いていなかったか、今更ながら不安になる。苦情が来ていないといいけれど。

……もし、本当に騎乗訓練をさせていただけるなら。練習を重ねて外で乗ることができるようになったなら。騎竜の里へ行って、世話をしていた子たちの様子を見て、そしてウエルフィンのお墓参りをしよう。マーガス様はご一緒してくださるかしら……。

そんなことを思いながらもう一通の手紙を見て、思わず顔をしかめてしまった。差出人はクラレンス伯爵家。開封しないわけにはいかない。中には長々と両親の近況が――最近体調があまりよくない、から始まって、ルシュカの婚儀の準備にお金がかかって仕方がない、少し仕送りをしてもらえないか、という内容だ。

「まったく……」

別に特段裕福な家ではないけれど伯爵位ではあるし、マーガス様からいただいた私の支度金は銀貨一枚だって持たされていないのだから、そのお金はどこへ行ったのですか？と尋ねたくもなる。

おそらく、毎月送金されていた私の給金が惜しくなったのだろう。デリックが受け継ぐであろうフォンテン公爵家の財産については私の憶測で確定ではないけれど、両親は基本的にお金にうるさいのだ。私の部屋の金庫の件は口が裂けても口外すまいと固く決心をする。

――でも、両親がマーガス様にもお金の無心をしていたらどうしようかしら……。

その考え通りに、マーガス様に宛てた手紙が一通、クラレンス家からのもの。

げんなりするやら、恥ずかしいやら、情けないやら。色々な感情が胸によぎったけれど、私宛の手紙ではないものを勝手に開封できないし、ましてや闇に葬ることもできない。

「マーガス様、お手紙をお持ちしました」

「ありがとう」

結局、定められた業務通りの行動をすることにした。手紙を振り分けて、マーガス様にお渡しするのだ。クラレンス家からの手紙は山の一番下に隠した。面倒になって、そのまま未開封にならないだろうか、なんてマーガス様がそんなことをするわけもないのに、しようもない妄想をしてしまう。

「あの……」

「……見ているなら、座るといい」

「は、はい」

あまりにも手紙の行く末が気になりすぎて、もじもじしていたのを見透かされてしまった。マーガス様に促されるまま、窓際の椅子に腰掛け、慣れた手つきで手紙が開封されていくのを見守る。

ブラウニング公爵家の印章が押された少し大きめの封筒。中身は何かの招待状かと思っていたのだが、どうやらもう一通手紙が入っていたようだ。

「……っ」

中の印章を見て、思わず身を乗り出してしまう。王家からの手紙だ！　マーガス様が受け取らなかったので、ブラウニング公爵家を経由してきたのだろう。

どうするつもりなのかしら、と思う間もなく、マーガス様は手紙を一瞥した後、火のついていない暖炉に、暖炉に捨ててしまった。

すると暖炉に、ぽっと火がともって、あっと言う間に灰になる。マーガス様が魔法で手紙を燃やしてしまったのだ。

「……」

あまりの衝撃に開いた口を閉じることができなかったので、マーガス様の目にはものすごく間抜けな顔をした私が映っているだろう。

「不要な手紙だ」

そうは見えませんでしたが、とは言ってはいけない雰囲気に、開いた口を無理やり手で戻してから、神妙に頷く。

マーガス様は怒っているのだ。人に八つ当たりをなさる方ではないから、普段は気にならないだけで、彼の心の中では怒りの炎が燃えさかっているのだろう。

けれど、それを聞いてはいけない。私より長い付き合いの人でもわからないことは、私が尋ねるべきではないのだ。

「そうですか……判断がつきませんでしたので。申し訳ありません」

「責めるつもりはない」

マーガス様はそう言いながら、クラレンス家からの手紙に手をかけた。問題はこちらだ。

マーガス様はおそらく王家の誰かに怒っているのだけれど、その仲は私に関係ない。こちらの方が死活問題、それだけは間違いのないこと。

マーガス様は差出人をちらりと見て、私に向けて、いたずらっぽく笑った。

——不機嫌ではない。

その事実にほっとするような、できれば中身を改めずに燃やしていただきたかったような、なんとも言えない気持ちだ。

「も、燃やしてくだ……」

「中を確認しないわけにはいかない。そう思って持ってきたのだろう？」

それはそうなのですが、と口の中がねばついた。

マーガス様はゆっくりと封を切り、便箋を広げた。

「……妹の結婚準備に費用がかさむので、多少融通してほしい、と」

……あまりに気まずくて、情けないことに私は、愛想笑いをしてしまった。家族が支度金を着服したことがマーガス様のお耳に入っていないとは到底考えられない。マーガス様はそれを飲み込んだ上で私を置いてくださっているし、そもそもいっぱしの貴族が他家にお金の無心をするなんて、恥ずかしくて顔から火が出そうだ。

「あの……お手数をかけて、申し訳ありません。その手紙は、無視してください」

「……あの金庫の中身で、家族を助けたいか？」

「いいえ」

自分でも思ったより、はっきりとした声が出た。マーガス様は、私が家族に援助をしたいと申し入れれば、それを受け入れてくださるだろう。でも、私はそれをしたくない。

「遠慮することはない」

「これは遠慮ではなく、自分の意思です。あの屋敷を出る時に決めました――私はもう、あの家には戻りません」

そう答えると、少しだけ、マーガス様の機嫌がよくなったように思えた。

「それならいい。もう君はこの家の人間だ。ブラウニング家の利益になることを考えて過ごすように」

私もマーガス様を見習って、手紙を燃やすことにした。とは言っても私は火の魔法なんてもちろん使えないから台所で、だけれど。

かまどに手紙をくべていると、ミューティが背後から、からかうように声をかけてきた。

「あー。奥様もこの家のお作法がわかってきたみたいですね」

「そうね。この家の利益にはならないものだから、勢いよくやってしまうわ」

「それがいいと思いますよ」

ミューティは目がいいから、私の肩越しにクラレンス家の家紋が見えているだろう。けれど、私の行動を肯定してくれる。皆が私を尊重して、やることを見守ってくれているから、日々楽しくやっていけている。

そこまで考えて、利益にならないこととマイナスではないことは違うのだ、と思う。

利益、つまりは私がいることによって、この家をよくしていかなければいけない。私がこの家に呼ばれた理由はわからないけれど、少なくとも今はここに必要とされている。いつまでもうだうだしていても仕方がないから、自分自身が納得できる行動をしなければ。

けれど、利益……？

「ねぇ、ミューティ。ブラウニング家の利益になることって、何だかわかる？」

振り向いたミューティの黒い瞳が、いたずらっぽく輝いた。

「わかりますよ！」

ミューティは自信満々に言ってのけたが、待っていても説明はなかった。

「参考までに、私にも教えて」

「では。交換条件として、今晩の主菜を魚料理にしてよろしいでしょうか？」

ミューティはぴっと指を一本立てた。夕食のメニューは肉と魚が交互と決まっている。

けれどミューティは山育ちだから、今はお肉よりお魚の方がもの珍しくて、毎日魚料理を食べたいと思っているらしい。

「マーガス様がいいと言えばね」

「そこを奥様からおねだりしていただければ、今週は全部魚でもよくなるわけです」

「わかったわ……頼んでみるけれど、期待はしないでね。マーガス様の健康管理が一番大事なのだから」

「お願いしますよ。では……お答えしますね。この家にとっての利益、それは……」

「それは？」

ミューティは顎に手を当てて、言葉を選んでいるようだ。

「えー。なんて言うのかな。端的に言うと、愛と平和です」

「愛と平和？」

随分壮大な話だ。けれど、ミューティは大真面目だ。私に嘘をつくようなことは彼女はしない。流暢な喋りだからついつい忘れてしまうけれど、彼女は異国からやってきたから文化と言うか、表現のしかたに違いがあるのかもしれない。

「そうです。旦那様は自分が好きなもの、こと……その感情を貫くことに、重きを置いてらっしゃいます」

噛み砕いて説明されると、ギリギリ理解ができそうな気がしてくる。

「好きなものは好き、嫌いなものは嫌い。つまりマーガス様のお気持ちに家全体で寄り添いましょうということよね」

「そうです。だから奥様……アルジェリータ様もですよ。自分の意見ははっきりお言いくださいね。悲しい気持ちの人がいると、足並みが乱れますからね」

ミューティは白い歯を見せて、むりやり笑みを作った。……まるで噴き出しそうになったのをこらえるみたいに。

「愛はわかったわ。平和って、平和でいいのよね？」

「まあ、家の中では平穏を望むということですね」

波風が立っていなくて、訳のわからない刺激的な出来事がない。大変なお仕事をされているマーガス様のことだ、きっと沢山つらい想いをなさっただろうから、家の中ではのんびり暮らしたい。つまりそういうことだ。

「わかったわ。つまりポルカが騒ぎ立てないってことね」

「まあ、それも一つではあるかもしれません」

「つまり、ポルカが騒ぎ立てなくて、問題が起きなくて、私がいじいじしてなければいいってことね」

「そうですよ。……わかっているなら、最初からそうしてくださいよ！」

「いじいじなんて……」

「してないと言えます？」

「し、してるけれど。最近は、こう、ちょっと調子に乗っているわ」

「ええ～？　例えば、どんな？」

「朝は林檎のほかにプラムを食べたし、お昼のお茶の濃さを二倍にしてみたの。秘密よ」

　私の言葉に、ミューティは大げさにため息をついた。

「あ～、もう、いいです。でも、食べるものがあるのに、あえて贅沢をしないっていうのもある意味贅沢ですかね。趣味でやってるってことですもんね」

　ミューティの言葉に感心する。確かに遠慮と見せかけて、清貧を心がけるのが私の趣味なのかもしれない。

「考えたこともなかったわ。あなたって色々考えているのね」

「村の若者の中で気の利く奴を二、三人よこしてくれと言われて村長に選ばれたのが私ですから。あと兄。ここで色々なことを学び、故郷に還元するのが私たちの使命ですから」

ミューティは薄くて華奢な胸を張った。二人は、しっかりしているしきちんと将来を見据えているのだ。日々を生きることで精一杯で、自分すらわかっていない私とは大違いだ。

「本当に、偉いのね」

「というわけで、私と兄の見識をさらに深めるために、奥様には奥様活動を積極的に行っていただきたく」

「わかったわ。魚料理ね」

「それ以外にも。ブラウニング家の一員である奥様の、利益になることはなんですか？」

「私の？」

「私は奥様係なのですから、何がしたいのか、それともしたくないのか。お付き合いしますので、聞かせてください」

わかっていないと自覚したことを尋ねられても、わからないものはわからない。

少し前までは、仕事をして、いつかはデリックと結婚して、仕事を辞めて家庭に入って……子どもを産んで、育てて。そんな未来が来ることを疑ってはいなかった。

それがあっさり崩れて、でも仕方ないと自分に言い聞かせて、そうしたら私の人生に突然マーガス様が現れた。

　正直、今の生活は、楽しい。デリックには心底呆れてこんな人と結婚していなくてよかったとも思うし、騎竜の里に心残りはあるけれど、あまりにも楽すぎると罰が当たりそうだと思うことがある。

　望みは現状維持。それだけだ、多分。

「……私に優しくしてくださるマーガス様が幸せに暮らせることかしら？」

「うーん、なるほど。今より幸せ、ですか……。これはなかなか手ごわそうですね」

そう。壮大な話だ。けれど、マーガス様は立派な、これからの国を背負って立つ御方だ。私も国民として、この家の一員として、マーガス様を幸せにして差し上げなくては。

「そうなのよ。大変なことよね」

「なんで他人事なんですか？　これから見つけましょう、旦那様の喜ぶことを」

ミューティの言葉に私は目を丸くした。だって、そんな漠然としたこと――？

「考えてください。何もなくても、奥様が旦那様のことを考えるだけで旦那様は幸せなんですから。よかったですね、仕事が見つかって」

ミューティは両手を合わせてにっこりとした。微笑まれても、何も思い浮かばない。

「ええ……邪魔せずに、マーガス様を喜ばせること……？」

家をピカピカにする。ポルカをピカピカにする。それはもうやっている。おいしいお料理……それはミューティがやっている。けれど、この案はいいかもしれない。失敗したとしても、自分で処理すればいいのだから。私が上手くできそうな料理……。思いつかない。視点を変えよう。平和からアプローチする。平和、料理、平和に感謝……。

「わかったわ！」

「ええ？」

パンと手を叩くと、ミューティは私が解決策を提案すると思っていなかったのか、驚いた顔をした。

「いいことを考えたの。今から、感謝祭のパンを作りましょう」

驚いていたはずのミューティの顔が、すっと落ち着いたものになった。

「……なぜパンを？　店から取り寄せた、ふかふかのパンが沢山ありますし、明日も配達が来ます。今日のパンは今日中に食べてしまわないと」

「感謝祭と言うのはね、この国で代々行われている国家安寧のお祭りよ。その時は各家庭で焼いたパンを……」

「それは知っていますよ。かったいかったい、かったーい保存食のパンを作って、神妙な顔でお清めした水と一緒にその固いパンを流し込む風習ですよね？」

「そう、それよ。すごいわ、今年この国に来たばかりなのに文化にも詳しいのね。時期は違うけれど、せっかくだから今年の分をやりましょう」

マーガス様は愛国心の強い方だ。屋敷で感謝祭をすれば、ラクティスとミューティに文化を伝えることができる。マーガス様もお誘いして、皆でパンを作るのだ。きっと楽しくなるだろう。

「嫌ですよ」

ミューティは手の平を私の目の前に出してきた。「拒否」のサインだ。

「どうして。見聞を広めるためにやってきたんでしょう？　なら、損にはならないわ」

「経験の上では損にならないかもしれませんが、せっかく食べるものが選び放題の環境にいて、固い保存食のパンを食べる気にはなれません。旦那様がいいと言っても、私と兄はご遠慮します。つまり多数決で二対二、同点です」

「そんな……一緒にブラウニング家のために頑張ってくれるんじゃないの？」

「私はおいしいものが食べたいです。今日は舌平目のムニエルにすると決めました。牛乳とバターたっぷりのソースを作って、それにふかふかのパンを浸して食べるんです。固いパンはソースが染みないから嫌です」

「結構、慣れると素朴な味でおいしいのだけれど。……無理強いはよくないわね」

これは私の押しつけでしかない。材料だけは用意してもらって、台所で一人きりでパンの生地をこねていると、いつの間にかマーガス様が扉の横に立っていた。

「非常食を作って、山歩きでも？」

感謝祭のパンに使う材料は少ない。私が豪勢（ごうせい）なパンを作っているのではないと、マーガス様にはすぐにわかったらしい。

「感謝祭のパンを作っています」

「そうか。感心なことだ」

ミューティの言った通りだ、と私は心の中でほくそ笑む。

「はい。愛と平和は、何よりも大切なことですから」

私の言葉に、マーガス様は首をかしげた。どうやら、家庭内で標語として掲（かか）げられているわけではないみたい。

「君がそう思うのなら、そうなのだろう。俺も手伝っていいだろうか」

「閣下にパン作りを!?」

「野営をすることもある。遭難（そうなん）した時や、敵に追われた時に一人で何もできないのでは、どうにもならないからな」

「失礼しました……」

マーガス様が私の隣（となり）で、神妙な顔つきでパン生地を平べったく伸ばし、型押しで装飾（そうしょく）をつけていく。……なんだか不思議な光景で、夢ですと言われた方が納得できる。

「君は手慣れているな。毎年やっていたのか？」

「ええ。家では毎年」

「そうか」

　マーガス様には少し、意外だったのかもしれない。ああ見えてクラレンス家は外聞を気にする家なので、こういったお祭りや風習などには積極的に参加していた。感謝祭のパンは作るけれど、おいしくないと言って家族は一口も食べなかった。世間体のために作られたパンを処理するのは全て私の役目だった。

　かまどにパン生地を入れ、焼き上げる。今日食べる分を取り分けた後、保存のために二度焼きをする予定だ。それによって、非常に固く、保存性のあるパンになるのだ。

　二人でじっとかまどの火を眺めていると、ふと騎竜の里にいた時のことを思い出した。騎竜は食欲旺盛で与えられたものは何でも食べてしまうのだけれど、ウェルフィンはこのパンが特に好きで、私がパンのかけらを持っていくと、嬉しそうに食べていたっけ。

「美味いな」

　焼き上がったパンを、マーガス様が一つ取って味見をした。生地自体は固くて味気ないものだけれど、焼きたてはなんでもおいしい。

「君は、すごいな」

「私の力ではありませんよ」

「そんなことはない。子どもの頃に食べたものよりずっと美味い」

　本当かしら、と私も一つ、食べてみる。確かに一人で作っていた時よりもずっとおいしい。素材が良質だからか、それともマーガス様が褒めてくださったからだろうか……。

「子どもの頃は悪さをすると食事がこれになった。祖父は厳しい人だったからな」

　これなら別に毎日でも構わない、とマーガス様はもう一口食べた。

「マーガス様のようなよい子でもですか⁉」

「よい子だと言われたのは、数えるほどしかない。俺は祖父譲(ゆず)りの頑固(がんこ)で気難しい、そのくせ妙(みょう)なところで恥ずかしがりの扱(あつか)いにくい子だ、と言われていた」

「そんなことは思いません。マーガス様は、優しい方ですよ」

「そう思ったままでいてもらえるように、努力しよう」

　マーガス様はばり、と音を立ててパンをかじった。

「子どもの頃は嫌で嫌で、家にいた騎竜にこっそり分けてやっていた。……あんまり喜ぶから、悪さをしたのを忘れてまるでよいことをしているような気分になったものだ」

　どこの騎竜も皆、パンは喜んで食べるのだと、懐(なつ)かしい気持ちになった。

四章 ✦ 仕組まれた事故

「あら、大分元気になってきたわね」

一時は危ぶまれた小鳥は、今は手を差し出すとその上にぴょんと飛び乗るぐらいには回復してきた。

「ほら、感謝祭のパンくずよ。お前も、マーガス様に感謝をするのよ」

「この鳥は旦那様を見たことがないですから、言われてもわかりませんよ」

「言葉のあやよ」

「わかってますよ」

小鳥はパンくずを食べ終わると、翼を広げて林檎箱で作った巣箱へと戻った。飛ぶことはできないけれど、折れていた羽は綺麗にくっついたみたいだ。

「奥様には、癒やしの力があるんですよね？」

と、ミューティが言った。

「ないこともないけど……役には立たないのよ」

「効果があったじゃないですか、ほら」

ミューティは小鳥を指さした。けれど、それは自然治癒によるものだろう。

「絶対に羽はまっすぐにならないと思いましたし、獣医もそう言っていたでしょう。だから、この鳥がここまで元気になったのは奥様のおかげなんですよ」

「痛みを和らげる力はあっても、外傷を治癒するまではできないわ」

それができれば家であんな扱いを受けることはなかっただろう。もっとも、今更少しだけ癒やしの力がありますよ、と言っても仕方がないし、褒めてほしいとも思わないけれど。

廊下に出ると、書斎の扉が少しだけ、私を誘うように開いていた。

そっと近寄ってみたが、部屋の中で誰かが作業をしている気配はなかった。

「マーガス様?」

返事はなかった。いつかのようにそっと部屋を覗き込むと、マーガス様がソファーに横になって、目を閉じていた。

毎晩遅くまでお仕事をされていて、朝は誰よりも早く起きている。

それとなく「疲労がたまらないのですか」、と尋ねてみると「昼に休憩を取っているから平気だ。少しだけ眠ると、すっきりする」と返ってきた。

だから、私はマーガス様がお昼寝をしている時間を知っている。知っているからと言って、悪事を働くつもりはないけれど。

横になるとすぐ眠れると言うのは才能の一つか、あるいは生きるために染みついた習性なのか……。

マーガス様は私の不躾な視線に気が付くこともなく、まぶたは閉じられたままだ。

今日も、眉間にしわが寄っている。

まぶしいのかもしれないと、カーテンをそっと閉めたけれど、安らかな眠りは訪れていないようだった。

差し出がましいのは重々承知で、私は以前のようにマーガス様の額に手をかざした。効果があるのか、ないのかは不明のままだけれど、効果があってほしいと願っている。

――でも、いつまでこうすべきなのかしら。

「最近夢見はどうですか？」なんて尋ねるのも変なので、私の行動がマーガス様にプラスになっているのかはわからない。

けれど、近頃は心境の変化とともに、私の癒やしの力が少しずつ――ほんの少しずつだけれど強まってきている、そんな感覚がある。だから、もしかすると、いつかマーガス様のお役に立てる時が来るかもしれない……。

「なんて、そんな都合のいいことあるわけないか」

ただでさえ私にとっていいことがありすぎているのに、これ以上を望むのは贅沢と言うものだ。

独り言を口に出して顔を上げると、マーガス様と目が合った。

――バレた。

「ひゃっ！」

驚いて、尻もちをついてしまった。叫びたいのはマーガス様の方だろうに、冬色の瞳ははっきりと見開かれて、私をじっと見つめている。

「も、ももも……申し訳ありません！」

床に手をつき、必死に謝罪をする。寝込みを襲ったと言われても反論はできないのだ。

「謝罪は必要ない」

マーガス様はゆっくりと体を起こし、少し乱れた前髪をかき上げた。

「大分前から、君がこうしているのに気が付いてはいた」

「し……知っていらっしゃったのですか？」

「寝る前にはなかった毛布が置いてあれば、誰でも……それにまあ、人の気配がすれば」

恥ずかしいやら、情けないやらで顔が赤くなる。ばれていないと思っていたのは私だけだったらしい。戦場で過ごした人が、気配に敏感なのは当然のことで、それに思い至らない私が馬鹿なのだ。

「す、すみません、嫌な夢を……見ているのではないかと。もしかして効果があるかもと思いまして。不愉快な思いをさせて申し訳ありません」

「嫌な気持ちだなんて、そんな訳はない。効果はあった……悪夢にうなされている時、君の声が聞こえた。その声に耳を傾けていると不思議と体が楽になって……すぐに、俺のために力を使ってくれているのだとわかった」

どうやらお怒りではないらしい。本当によかった。

「君がそばにいてくれると、悪夢を見ないんだ。しばらく一緒にいてくれないか」

「は、はい。私でよければ、喜んで」

再び横たわったマーガス様の額に手をかざすと、マーガス様の瞳に柔らかい色が差した。

「騎竜の里では、いつもこうしていたのか」

「はい。私にはこれぐらいしかできませんから」

「……騎竜たちは、アルジェリータがいなくなって、さぞや残念に思っているだろうな」

急に名前を呼ばれて、再び顔が赤くなったのがわかる。薄暗くて、あまり見えていないといいけれど。

「……そう思っていてくれたら嬉しいような、お世話が中途半端になってしまって申し訳ないような……」

「騎竜の里に、戻りたいと思うか？」

「……私はここが好きです。里のことは気になりますが……できればずっと、ここにいられたらな、と思います。でも、落ち着いたら、皆にマーガス様を紹介したいです」

「人間の男にか?」

「騎竜ですよ」

「そうか。なら、良かった。……騎竜の話をしてくれないか」

マーガス様は寝物語をねだる子どものように呟いて、再び瞳を閉じた。

「ここにくる直前まで、雄の騎竜の面倒を見ていました。名前はラルゴと言います」

「その名前は……君が？」

「いいえ。本当はよくないのでしょうけど……」

騎竜の里に連れてこられた騎竜は、人間の手を離れて大地に還る準備のために、人間から貰った名前を捨て去る。

「騎竜の胸のあたりの、心臓に近い所に名札をつけますよね。里に来る時、名札をそのままにしておく人が多いんです。その場合は、そのまま同じ名で呼んでいました。偶然、同じ名前になった、ということにして」

だからラルゴはラルゴのままなのだ。彼もきっとそれを望んでいるだろう。あんなにも、主人のことを想っているのだから。

「そうか。他にも……似た境遇の竜が？」

「はい。春先まで、ウェルフィンというおじいさんの竜がいて。三十歳ぐらいだったと思いますが、そう見えないほどにとても立派な騎竜だったんです。彼にも名札がついていました」

「その、ウェルフィンの話を……聞かせてくれないか」

マーガス様の瞳に、何かの強い感情が渦巻いているのを見て取ることができて、答えるのを躊躇した。けれど、マーガス様の促すような鋭い視線に、おずおずと口を開く。

「ウェルフィンが来たのは、おととしの夏頃でしょうか……。その少し前に、ひどい怪我をしたラルゴが輸送されてきて……最初のうちはすごく暴れていたんですけれど、ウェルフィンが来てからは落ち着きました。彼はとても……なんというか、堂々としていて立派でしたから、あっと言う間に里の長になったんです。でも、ものすごく優しくて……」

ウェルフィンと出会った日のことはよく覚えている。猛暑のさかり、立派な輸送車がやってきたかと思えば、まるで投げ捨てるようにウェルフィンを置き去りにした。

「ウェルフィンは、私にとてもよくしてくれました。力に気が付いたのは……彼が足の関節を痛めていて、少しでも役に立てるかも、と思ったことがきっかけです。彼はとても賢くて、話しかけると、じっと耳を傾けてくれました。だから私、ああ、騎竜にもちゃんと気持ちが通じるんだ、ってわかったんです」

ある日、ウェルフィンは口に咥えていた羽根を一本、私に差し出してきた。私は仕事として、預かった彼のお世話をしているだけだから、厳密には彼の羽根の一本だって私のものではないのだけれど――その羽根に関しては、ウェルフィンが私にくれたのだと解釈している。

「終戦になって、これから傷ついた騎竜が沢山やってくる……そんな時に、まるで自分の場所を譲るみたいに、ウェルフィンは亡くなってしまいました。あの日はとても暖かくて、敷地内の小川までお散歩に行きましょうか、って声をかけに行ったら眠るように……」

そこまで話すと、静かに話を聞いていたマーガス様は突然、話を遮るようにがばりと起き上がった。

「……用事を思い出した」

マーガス様はそのまま、私に一瞥もくれずに部屋を大股で出て行ってしまって、私は口を挟む暇すらなく。

あとには私と、毛布だけが残された。


調子に乗って喋りすぎただろうか……。

マーガス様はそれきり書斎に戻ってこなかったので、私はポルカに夕飯を与えに行った。

「……はあ……」

騎竜の話となると、喋りすぎてしまう。私とマーガス様をつなぐほぼ唯一の共通点で、明確なもの。

　――それに、すがりすぎた。

「げっ、げっ、げーっ！」

　ポルカは私とマーガス様が一緒にいないせいか、ご機嫌に高笑いをしている。彼女にとって私は、愛するご主人と自分の間に挟まる邪魔者でしかないのだ。

「あなたったら、憎たらしい子よね」

　不満を漏らすと、ポルカが足踏みをした。……まるで喜びの舞みたいだ。

「もう、本当に。あなたみたいな子、性悪っていうのよ」

「ぎゃっぎゃっ！」

　私をからかうように、ポルカはより一層飛び跳ねた。

「ちょっと……大分可愛いからって、調子に乗って。そんな意地悪をするなら、私だって仕返しをするわよ。……おやつを減らすとか、ね」

「俺の教育が悪かったようで申し訳ない。姫扱いをして猫可愛がりしたせいだ」

　思わず口から飛び出た八つ当たりの言葉に、反応があった。

「あ……」

　いつの間にか、マーガス様が私のすぐ背後に立っていたのだ。

　……気まずい。

「も、申し訳ありません、今のは……その……じゃれ合っていただけで、本当にポルカのことを憎たらしいと思っているわけではなくって」

「……」

「あの、私、話し相手がいないので。よくこうやって騎竜に勝手に性格付けをして、話しかけてしまう癖がありまして……その、本当に、ポルカのことを憎らしいと思っているわけでは……意地悪というのは言葉のあやで……」

しどろもどろになりながら言い訳をする。マーガス様からは返事がない。

大事なポルカが不当な扱いを受けているかもしれないのだ、怒るのは当然だろう。今日付けで、解雇を言い渡されてもおかしくない。

「その……」

顔を上げると、マーガス様は困った顔をしていた。

「今のは、冗談のつもりだった」

「冗談……ですか」

「ポルカがおとなしくやられっぱなしになるわけがないし、本当に憎たらしいと思われていたらそれこそポルカに問題がある」

すとんと肩の荷が下りて、全身の力が一気に抜ける。

「申し訳ない。場を和まそうとして、失敗したようだ」

マーガス様の冗談に乗ることができなくて、私の方こそ申し訳ない……と思うけれど、ここで謝り合戦をすることは、なんだか時間が勿体ない気がする。

——ここは、多分……笑うところ、かしら。

ぎこちないながらも、にっこりと笑みを作ってみると、マーガス様はほっとしたようだ。少しずつだけれど、マーガス様のことがわかってきた。いや、さっきそうやって調子に乗り、失敗したのだった。

「先ほどはその……恥ずかしい話だが、君の話を聞いているうちに昔飼っていた騎竜のことを思い出してしまって、飼育日誌を読んでいた。すまない」

騎竜が戦場に立てる時間は限られている。騎士の家系ともなれば、騎竜との別れも多く経験しているだろう。

「いえ、私も、もっと楽しい思い出について話せばよかったと」

「俺は……彼の最期を看取ってやれなかったんだ。よい最期が送れていたのだろうか、住み慣れた家から引き離されて俺のことを恨んでいたかもしれないな、などと感傷的な気分になってしまった」

「マーガス様にそんなに思っていただけて、騎竜もきっと、幸せだったと思います」

人間には色々いるから、騎竜のことをただの家畜として扱っている人も少なからず存在する。法律で面倒を見ることを定められているから邪険にはできないが、危険な重労働

――騎竜の世話を人任せにしたい、という人たちのことを、私は騎竜の里で沢山見てきた。

けれど、彼は違うと、少しの時間しか一緒にいなくてもわかる。

マーガス様は変な顔をした。慰めは不要だったかもしれない。

「すみません、差し出がましいことを」

「いや……そんなことはない。ありがとう。それで……」

それで、の後が続かなくて、妙な沈黙があった。急かすのもおかしいので、黙って次の言葉を待っている。

「明日、何か用事はあるか」

「ありません」

「では、市街地へ……」

「はいっ。どこへ向かえばよろしいでしょうか」

お使いの用事かと思ったが、どうやらそうではないらしく、マーガス様は口ごもった。

「どこへと言うよりは……一緒にどこか行かないか、と」

どこかって、どこだろう。心当たりがあまりなかったし、どこかということはつまり、マーガス様にも明確な目的地はないのだ。

「私、ポルカのお世話がありますから」

なんとなく、断らなければ、いけないような気がした。

「若くて健康な騎竜は半日放っておいても平気だと、君も知っているはずだが」

「いえ、私の仕事はポルカのお世話です！」

「君の仕事は他にもあったはずだが」

妻としての仕事があるだろう、とマーガス様は言いたいのだ。

「わ、わかりました。何をすればいいでしょうか」

「その……服をだな」

そう言われて、さっと血の気が引いていく。

今着ているのは使用人の制服――洗い替えも貰ったし、これの着心地がよくて、衣装棚のことはすっかり忘却していた。騎竜やクラレンス家の人間は私がどんな服を着ていても気にしないけれど、ここではそうもいかない。お金や実用性より、人にどう見られるか気にしなくてはいけない。姿がみすぼらしい、俺に恥をかかせるな、と暗に言われているのかもしれない。

「申し訳ありませんでした」

「謝る必要はない。欲しい服がないのか？」

「必要性を感じませんし……」

「必要性を、感じない？」

衣装棚に詰まっている大量の服を数えると、私は一月の間に毎日違う服を着ることになってしまう。それこそ体型が変わらなければ一生分あるのではないだろうか？

確かに子どもの頃は、幾重にも薄絹を重ねてグラデーションにしたドレスや、鮮麗な刺繍を施されたドレスを着てお誕生日会の主役になってみたい——そんな願望を持っていた時期もある。

けれど、今になって手に入りますよと言われてもこの生活にはそぐわない。素敵なドレスを着て出かけるあてもないし。

「それに……たとえ私がどんなに着飾ったとしても、服を着ていない騎竜の方がよっぽど美しいし、なんて思ってしまいまして……」

「はっ？」

マーガス様は私が何を言い出したのかと、切れ長の瞳を大きく見開いた。その瞳の中に、間抜けな顔の私が映っていて、恥ずかしくなってきた。

「今の発言は忘れてください……」

「いや。確かにポルカは……と言うより、騎竜は美しいからな。中でもポルカはいっとう美形だ。まあ、人間の美醜の価値観なんて騎竜には何ら関係のないことではあるが……」

「はい」

ポルカは褒められたことを理解しているらしく「きゅ？」などと可愛い声で小首をかしげたりしている。私の前では絶対に、そんなにきゅるきゅるした瞳をしないのに。

「しかし、それとこれとは別だ。騎竜がどんなに美しかろうと、君は人間だ」

「はい、仰（おっしゃ）る通りです」

マーガス様のお気持ちは一向に不明のままだけれど、雇（やと）い主（ぬし）の意向には従わねばならない。最近失敗続きだ。変なことを言わないように、挽回（ばんかい）しなければいけない。

「先ほど服には興味がないと言った。それはつまり、俺の気に入った服を着せてもよいと言うことか？」

「はい。マーガス様が用意してくださるものなら、なんでも着ます」

マーガス様が突飛（とっぴ）な衣類を用意してくるとは考えにくい。質実剛健（ごうけん）を絵に描（か）いたような彼のことだ、きっと丈夫（じょうぶ）で実用的な服を用意してくれるだろう。

「……来ないなあ」
私は一人、噴水（ふんすい）広場のベンチに腰掛（こしか）け、足をぶらぶらとさせていた。
マーガス様とお買い物に行く計画を立て、家から出るところまでは予定通りだったのだけれど、馬車に乗ろうとした瞬間（しゅんかん）に騎士団から連絡（れんらく）が入って、マーガス様とは一旦（いったん）別行動になってしまった。

「この時間までに来なければ帰ってくれ」と言われた時刻を告げる鐘の音が鳴った。

——残念。

マーガス様と出かける、という予定が私の心を浮き立たせていたことは間違いない。

けれどお出かけが遂行されなかったからと言って、私が不満を持つのはいけないことだ。

何しろ急ぎの用事だという王宮からの手紙を受け取ったマーガス様は苦虫を噛み潰すような顔をしていたから、とても急ぎかつ、難儀な仕事のはずだ。

マーガス様からのお給金には手をつけていない。いい加減何も買わないのも嫌味だし、先に買う物の目星をつけておくのもいいかもしれない、と立ち上がる。

別に、一人でも行動できるもの。

どうせならミューティについてきてもらえばよかった、と思う気持ちを振り払う。

豪華な馬車が往来する大通りには、この国の住人なら皆名前は知っている、そんな有名店が軒を連ねている。人気のない森の中で生活して、王都に戻ってきた今でも屋敷からはあまり出ないので、新鮮な気持ちだ。散歩も悪くない。

道端からあれやこれやと煌びやかな装飾品のショーケースを覗き込んでいると、不意に扉の向こうから聞き覚えのある声が聞こえてきた。

「もうやだ、デリックったら。だから荷物持ちを雇いましょう、って言ったのに」

「ルシュカ、無駄遣いはよくないよ……」

ルシュカと、デリック！　発作的に建物の陰に隠れる。ガラス越しに私の姿が見えやしなかったかと、悪いこともしていないのに心臓がバクバクと嫌な音を立てている。

――会いたくない。

別に未練があるわけではないし、わざわざ二人と顔を合わせたくはない。息を潜めて、二人が去って行くのを待つ。どうやら二人はこの店で買い物をして、馬車を待っている最中のようだった。

「御者はどこへ行ったの？　本当にとろくさいんだから。彼はクビにして、ついでにもっといい馬車にしましょうよ」

「大通りで馬車を停めるためには許可が必要なんだよ。それに、こんなに無駄遣いをしなければ持って歩けるんだから……」

「無駄？　何を言っているのよ！　もうすぐ公爵になるんだから、身支度を調えておかないといけないでしょう？　デリック、あなたは私に恥をかかせるつもりなの⁉」

「は、恥だなんて。それに、その件についてあまりお、大きな声では……」

「別にいいじゃない。あなたが相続人のいなくなった公爵家の養子に入ることはもう決まっているんだから。こっちが跡取りになってあげるって言ってるのに、どうして小さくなっていなきゃいけないの？」

——やはり、私の推測は正しかったみたい。

ルシュカはデリックのもとに莫大な財産が転がり込むことを知り、略奪を仕掛けた。そのお金を当てにして散財を始めているのだろう。けれど、まだ相続できていないから、両親のもとに請求がきていて、それで私に金の無心をしてきたのだろう。

小さくため息をついたけれど、二人が私に気が付く様子はなかった。そのまま細い路地を抜けて、中通りに移動する。道を一本入るだけで、途端に景色は食料品や生活雑貨、衣類などの、親近感の持てる店構えに変化する。

二人の興味を引くものはないだろう、とこちらの通りを見て回ることにする。

「お嬢さん、今日は買い出しかい？」

「え、は、はい……」

肉屋の前で声をかけられて、立ち止まった。食料自体は毎日屋敷に配達されるから、買う必要はないけれども。

「これはポルカが好きそうだわ……」

騎竜は雑食だが、肉は格別のようで、とても食いつきがいい。

今はポルカに細かくミンチにしたお肉と豆などを混ぜたものを与えているけれども、新鮮なお肉はとても喜ぶだろう。

騎竜の里にいた子たちはある程度老齢なこともあったけれど、ポルカはまだまだこれからの若い個体だ。毛艶がよくなるように、色々と面倒を見てあげなくては。

「すみません、このお肉をひとかたまり、いただけますか」

「はい、ありがとうございます！　配達しましょうか」

「自分で持ち帰ります」

少し考えてから、ブラウニング邸のことは口にしないことにした。

配達を頼むと時間がかかってしまうし、いつ来るかわからない。今すぐ屋敷に戻れば、ポルカの晩ご飯になる。

屋敷に戻れば、ポルカもきっと喜ぶ。服を買うのはひとまず後回し。だってマーガス様がいないのだもの。

包んでもらったお肉を抱えて、足早に噴水広場へと戻る。昼時を過ぎたからか、人は先ほどより大分まばらになっていた。

やっぱり、いないわよね……。

マーガス様を乗せた馬車がこちらに向かってやしないかと、一応あたりを確認しておく。律儀な方だから、約束に遅れたとしても顔を出すかもしれない、と思ったのだ。

――帰ろう。

噴水に背を向けて歩き始めたその時。

「お嬢さん、危ない！」

「え……」

誰かが、慌てて叫ぶ声が聞こえた。何事だろうとは思ったけれど、それが自分に向けての警告だと気が付くのに、時間がかかってしまった。

ようやく振り向いた私の視線の先に、こちらに向かってまっすぐに、暴走した馬車が突っ込んで来るのが見えた。

――人の叫び声がして、周りの動きが妙にゆっくりに見えた。

思考は停止したままだったが、咄嗟に体を捻って思い切り飛んだことで、なんとか直撃を免れることができた。

「……っ」

けれど、転んだ拍子に思いっきり全身をぶつけてしまって息ができず、起き上がることが困難だった。私の周りに人だかりが出来ていき、衛兵を呼ぼうと騒いでいる人の声が聞こえてきて、やっとのことで体を起こす。

「お嬢さん、大丈夫ですか」

「ええ……はい。どこも折れてはいないようです」

骨を折るほどの大怪我はしなかったものの、腕や足をひどくすりむいてしまったようだ。お気に入りだったワンピースの袖の部分がビリビリに破けて血が滲んでいるし、靴も片方どこかへ行ってしまっていた。

「ああ、若い娘さんなのになんてひどい。うちの人が角で薬局をしているから、とりあえずこっちに来なさい」

助け起こしてくれた女性が心配そうに声をかけてくれ、手を引いて落ち着ける所へ連れて行こうとしてくれるのを遮る。

「い、いえ。大丈夫です。家に帰ります」

「大丈夫ってあんた、そんな格好で……」

他の人にはひどく痛々しく見えるだろうけれど、思いのほか痛くはない。この近くにはルシュカがいる。騒ぎを聞きつけて、この様子を見られでもしたら、何を言われるか。

「近いので、大丈夫です……」

立派な馬車の持ち主は間違いなく貴族だ、それも少し成金趣味の。私が住む場所がマーガス様の別邸と知られたら、まずいことになりそうな気がする。……何にせよ、今日はひどい日だ。早く帰りたい。マーガス様のお誘いだからと楽しみにしていたけれど、こう泣きっ面に蜂のようになってしまっては、家に戻りたいポルカに一刻も早く会いたい――と思ってしまう。

「お貴族様とは言え人を轢きかけたんだ。だんまりはよくないと思うがね」

貴族に対する不満のせいなのか、男性が一人、馬車に向かって腹立たしそうに声を上げた。私の他にも、転んで軽い怪我をした人が複数いるようだ。それだと、さっさと帰りたい私はともかく、このままさようならとはいかないだろう。

「ご……ごめんなさい。私ったら気が動転していて……」

声とともに馬車の扉が開いて、私は自分の不運を今日一番嘆きたい気持ちになった。しおらしい声とともに馬車から顔を出したのはほかでもない、私が一番会いたくないルシュカだったからだ。

彼女の容姿の愛らしさを見て、憤慨していた男性たちがすっと落ち着いていくのがわかる。こんな可愛らしい女性が、わざと人をいじめて弄ぶような性格のはずがないと思ってしまうのだろう。

「ああ、なんてこと。私の馬車が人を轢いてしまうなんて……なんとお詫びしていいか」

ルシュカの瞳からぽろぽろと涙がこぼれた。それを見た男性陣が、どんどんと、彼女が馬車を動かしたわけではないし……と加害者であるルシュカを庇う雰囲気を作り出す。

ルシュカは涙を拭うと、ゆっくりと馬車から降りてきた。

「私は治癒院で働いております。せめてものお詫びに治療をさせてくださいませ……」

ルシュカがかすかに微笑むと、足元にふわりと魔法陣が展開されて、柔らかな桃色の光が周囲を包み込んだ。――ルシュカの治癒魔法だ。

珍しい光景に歓声が湧き上がった。治癒院で治療を受けるには高額な費用がかかり、普通の生活をしていては治療を受けることはめったにかなわない。その才能を惜しげもなく平民に対して発揮するルシュカは、さぞや立派な人物に見えるだろう。

「皆さん、大丈夫でしたか。もし治りきっていない箇所がありましたら、遠慮なく治癒院までお越しください。もちろん、無償で治療させていただきます」

……ルシュカの治癒魔法はこの事故とは関係ない軽度な怪我まで治してしまったらしく、人々はなんて気前のいい治癒師だとすっかり機嫌をよくして去って行った。

ただ一人、怪我が治っていない私を除いて。

「……あら、姉さん！　まさかこんな所で再会するなんて……！」

と、ルシュカはまるで今初めて私の存在に気が付いたかのような素振りをした。

たまたま馬車が暴走して、その先に私がいた。そのうえ全体に治癒魔法をかけ、私だけ治療し忘れた――なんてそれこそ天文学的な確率で、ルシュカの故意は明らかだった。

姿を見かけたのは私だけではない。向こうも私を見つけ、こっそり跡をつけたのだろう。けれど、そこまで……たまたま見かけた私を追いかけて、痛めつけて悦に入ろうだなんて、自分の妹がそこまで醜悪な人間だとは思いたくなかった。

表向きは美しいドレスが汚れるのもためらわずに跪いて私の手を取るルシュカは、その内面とは違って、傍目から見ると聖女のように見えるだろう。

「大事な一張羅がボロボロになってしまって、ごめんなさいね。家から古い服を送りましょうか？　沢山新調したもので、衣装棚がいっぱいなのよね」

耳元で小さく、周囲の人間に聞こえないようにルシュカが囁いた。

確認するまでもなくわざとだ。肩に添えられたルシュカの腕には、見たこともない金の腕輪が光っていた。その後ろに佇んでいる所在なさげなデリックも、記憶よりずっと仕立てのよい衣類を身に着けている。

「……結構よ」

「遠慮しないで。さっき、洋服店の前にいたでしょう？　私が新しい服を買ってあげる。せめてものお詫びに、受け取ってほしいの」

ルシュカのべったりと口紅を塗った唇が、不自然に歪んだ。

「いらないわ。夕食の買い出しに来ただけだから」

「夕食の買い出し、ね。でも、ローラン様はご老体でしょう？　そんな街で購入したようなお肉を出すのはよくないわよ。姉さんは知らないかもしれないけれど――貴族にはちゃんと、御用達の食材屋があるのよ。もっとも、わざと体に悪い物を食べさせて、早く未亡人になりたいのかもしれないけれど」

「旦那様はとってもお元気だから大丈夫よ」

私はほんの少し、皮肉を込めて言った。マーガス様の祖父であるローラン・フォン・ブラウニング様の死は伏せられている。だから、ルシュカはまだ私がローラン様の後妻になったと思っている。

「そうなの、とってもお元気なの。それはそれで結構ね。可愛がっていただいているみたい。――よかったじゃない、ねぇ、デリック」

デリックは「まあ……」と口ごもった。服だけは立派になったけれど、煮え切らない態度はそのままだ。

「姉さんによいご縁があってよかったわ。……私たち、もうすぐ式をあげるの。姉さんも結婚式には来てちょうだいね」

「……ええ」

行かないと答えてしまうとまた面倒なことになりそうだ。二人の結婚式に行くぐらい、なんてことはない。

「それじゃあね。事故には気を付けた方がいいわ」

立ち上がろうとした私の手を、ルシュカは強く摑んだ。

「待ってよ、姉さん。そんな泥だらけの格好でお屋敷まで歩いて帰れないでしょう。送ってあげるわ」

自分の優雅な生活を見せつけたいのか、それとも私のみじめな話を聞きたいのか、あるいはその両方か。

「……大丈夫よ」

「遠慮しなくてもいいわ」

ぐいっと摑まれた腕が、じんじんと痛んだ。

「……っ」

「怪我をしているじゃない。私に治させて？」

ルシュカは再び、にいっと口角を上げた。彼女は子どもの頃からいつもこうだ。私にわざと怪我をさせ、それをこれ見よがしに自分で治癒してみせるのだ、さっきみたいに。

確かに治癒魔法によって怪我は治ったけれど、そのたびに、心に傷が増えていった。

「結構よ」

力一杯、ルシュカの手を振り払う。私はもうあの家に戻らないし、ルシュカの引き立て役にもなるつもりはない。

「だって、姉さんは治癒の魔力がないでしょう？　どうするのよ、そんなぼろぼろの服を着て、血だらけのまま歩いていたらブラウニング家にも迷惑がかかるわ。いい加減、強がるのはやめてよ」

「強がりなんか、じゃ……」

「さあ、早く馬車に乗りましょう？　そうだ、久し振りに実家でゆっくりするのはどう？　楽しい新婚生活のお話も聞きたいし」

ルシュカはより一層強く、私の手を握った。嫌だ、と心の底から思う。言わなければ。

嫌よ、あなたに構っている暇はないのよ、私には――。

「い……」

「……その必要はない」

まるで触れると切れてしまう硬質な刃物のように、ピンと尖った声が聞こえて、黒い影がルシュカとの間に割って入ってきた。

「マーガス様……」

「すまない、謝罪は後ほど」

――やっぱり、マーガス様は約束を守ろうとする方なのだ。

「マ……」

マーガス様、と喉から出かかって、背中から漂う怒気に思わず気圧される。

「お気遣いはありがたいが、アルジェリータは我がブラウニング家の人間だ。彼女の治療はこちらで行う」

「閣下……っ⁉　なぜここに？」

ルシュカが息を飲む音と、デリックの悲鳴のような声が聞こえた。城に出入りしている以上、二人がマーガス様の顔を知っているのは当然のことだった。

「なぜ、と言うのは妙な話だ。当家の人間と、他家の貴族が何やら諍いをしている。それを見かけて、止めに入るのは当然と思うがね」

やはり、屋敷の外で見るマーガス様は恐ろしい。顔を見なくても、声を聞けば怒っていらっしゃるのは火を見るより明らかだ。

「いいえー……。諍いなんて、とんでもない。姉が転んでしまったのをたまたま見かけて。ご存じかもしれませんが、姉はクラレンス家に生まれながらも癒やしの力を持たないのです。その割におっちょこちょいなので、よく怪我をして……意地っ張りなのです。治療をすると申し出たのに聞き入れなくて。本当に困った人です」

ルシュカは可愛らしい声で、一気にまくし立てる。大体の人は、みんなこうしてルシュカに丸め込まれてしまうのだ。

先ほどもそうだ。ルシュカは息をするように私を下げて、何でもかんでも自分は悪くないと周りを納得させてしまうような、そんなところがある。

「アルジェリータはブラウニング家の人間。こちらで面倒を見る」

「そのようなひどいことを仰らないでください。たった二人の姉妹ですもの、嫁いでしまっても仲良くしたいのです」

マーガス様の言葉に、ルシュカはくねくねとしなを作り、潤んだ瞳でマーガス様を見上げた。けれど、おおよそほとんどの男性にとって魅力的に映るであろうルシュカの姿は、マーガス様にはよい印象をもたらさなかったようだ。

「君たちには姉を追いかけ回すより先にやることがあると思うがね。アルジェリータが転

んだのはそちらの馬車のせいだ。街中で事故を起こした際は届け出が必要だ。傷害罪として立件されたくなければ、さっさと事故処理に向かえ」

「……失礼、いたしました」

マーガス様の言葉に、ルシュカは不満げに俯いた。皮肉なことに私の治療をしなかったことで、事故をもみ消すことは難しくなってしまったのだ。

「い、行こう、ルシュカ……あ、ああっ」

慌てて馬車に乗り込もうとデリックが扉を開けると、中の荷物が崩れ落ちてきた。羽根飾り付きの帽子、ドレス、宝飾品。全てルシュカのものだ。

「何をしているのよ……！　だから人を雇いなさいと言ったのに！」

ルシュカがとげとげしい言葉をデリックに投げかけたが、自分は手伝う素振りすら見せない。

「景気がいいのは結構。だが、フォンテン公爵は派手な振る舞いを好まないぞ」

その言葉に、私はなんの関係もないのにどきりとする。――マーガス様は養子縁組のことをご存じなのだ。

「わ、私たち、そのようなつもりでは。フォンテン公爵家の格に合わせるために……」

「俺に説明は不要だ。それでは、失礼する」

そう告げると、マーガス様は一息に私を抱きかかえた。まさか白昼堂々、公衆の面前でそんなことをされるとは予想できなくて、赤面したまま硬直する。

「行こう、アルジェリータ」

「あ……姉は、出来損ないです！　自分で自分の怪我も治せないんですから。そのような者に優しくすると、閣下のお名前に傷がつきますよ！」

「その理屈だと、君は貴族でありながら国民のほとんどを侮辱していることになるが」

マーガス様の言葉に、ルシュカの表情が凍り付いたのがわかった。私を貶めるために言わなくてもいいことを口走ってしまった自覚はあるようだ。

マーガス様はそれきりルシュカに視線を戻さず、まるで頃合いを見計らっていたように近づいてきた馬車に乗り込んだ。


「治癒院へ連れていってくれ」

「い、いえっ。そんな、大げさなことは。すりむいただけですし」

マーガス様の言葉に、慌てて首を振る。

「だめだ。興奮状態ですぐには痛みを感じないこともある」

「いえ、いえ、平気です。丈夫にできていますので。私なんかにそんなお手間を……」

「その言い方は、やめてくれ」

マーガス様の言葉に、ぴたりと動きを止める。これは命令ではなくて、懇願だ。

「俺にとって、君は大事な人だ。それなのに君はこんな目に遭わされて、どうして怒らないんだ」

マーガス様はびりびりに破れ、血が滲んだ服を見て、深いため息をついた。

「こんなにひどい怪我を……」

「あ……も、申し訳、ありません」

「謝らないでくれ。謝らなければいけないのは俺の方だ。君を一人にせずに、護衛を付けておくべきだった」

「いえ、護衛なんて、そんな……すみません、でも、本当に大丈夫ですから。お願いです、治癒院に私を連れて行かないでください」

「強情だな」

「……嫌なんです。妹の職場、なので……」

ルシュカは今日は非番だろうけれど、結局明日になれば噂が広まるだろう。ルシュカはそれをわかっていて、治癒の力がないことで、どれほどみじめな気持ちになったか。

忘れ物だのなんだので私を治癒院に呼びつけていた時期がある。そのたびに嫌な思いをしたものだ。そんな感情を引きずるぐらいなら、痛みをこらえていた方がマシだ。

「わかった。今日はひとまず軟膏を塗って、明日騎士団側の治癒師を呼ぶ。相手方に対しては、後ほど連絡をして、しかるべき対処をする。それならいいか」

「はい」

私が頷(うなず)くと、マーガス様はどうしてか、泣きそうな顔をした。

「やだ、なんですか、それ！」

マーガス様に抱きかかえられて帰宅した私を見て、ミューティはめずらしく感情的な声を上げた。

「馬車に轢かれた」

「それで、どうして屋敷に連れ帰ってくるんですか。信じられない、見損(みそこ)ないましたよ。お出かけと言うから涙を飲んでお留守番役を引き受けたというのに、これじゃあ私がついていった方がよほど……」

「奥様のご要望だ。ぶつくさ言ってないで、早く軟膏を持ってこいよ」

兄の言葉にミューティはふくれっ面をしながらもたっと駆(か)けてゆき、小さな壺(つぼ)を持ってきた。蓋(ふた)を開けるとむせ返るような薬草の濃(こ)い匂(にお)いが立ち込める。どろりとした藻(も)のような軟膏が壺いっぱいに入っているのだ。

「山の民(たみ)秘伝の軟膏です。どうぞ」

そのままミューティが軟膏を塗ってくれるのかと思いきや、マーガス様が処置をすると言うので、慌てた。

「じ、自分でやります」

「駄目だ。そこまでの要望は聞けない」

緑色の軟膏をべたべたと塗って、包帯でぐるぐる巻きにされた。マーガス様の包帯の巻き方は若干大げさだ。

「アルジェリータ。今日は君の希望に免じて応急処置にとどめるが、明日は必ず俺の言う通りにしてもらう」

マーガス様の手つきは丁寧で、そこだけ見るといつものように冷静に見えるけれど、表情はころころ変わる。眉がつり上がったり、反対に悲しげな顔をしてみたり。口数は多くないけれど、彼の中で色々な感情が渦巻いているのがわかる。

――それは、たぶん、私の扱いにほとほと手を焼いているせい。

「でも、ポルカのお世話が……」

「ポルカの世話はしなくていい。あの二人に任せる」

「私、元気です。軟膏のおかげか、全然痛くありません」

「そんなわけないだろう。……自分に魔法をかけて、痛みをごまかすのはダメだぞ」

そのような芸当はできないはずなのだけれど、不思議と痛みを感じないのは本当なのだ。

「でも、ポルカのお世話は私のお仕事なのに……」

「そんなことは気にしなくていい。自分のことを考えろ」

マーガス様にぴしゃりと言われて、なぜだかとても、まごついた。

「自分の、自分のこと、って……」

「そうだ。君はもっと、自分を大事にするべきなんだ」

——自分のことは、極力考えないようにして生きてきた。これまでのことを思うと、悲しくなるから。でもゆったりとした時間があると、どうしてもとりとめのないことを考えてしまうし、マーガス様に自分の意見を問われるたびに苦しい。

「……どうして、私のようなものに御慈悲をかけてくださるのですか」

俯いたままでも、マーガス様が困っているのがわかる。

「……私は、大事にされるべき人間ではないんです」

「なぜそう思う」

「だって……」

「聞かせてくれ。君の話を聞きたい」

マーガス様は私の手のひらの上に優しく自分の手を重ねた。

私はぽつぽつと、自分のことを話し始めた。戦場で命のやりとりをしていた人にとっては、つまらなくて、ちっぽけな悩みを口にするのは恥ずかしい。

クラレンス家の長女として生まれたけれども期待された癒やしの力はなく、そのせいで家族からは役立たずと罵られたこと。

両親は、可愛らしく生まれ、治癒の魔力を持っていたルシュカだけが自分たちの子であるかのように彼女を可愛がった。

他家との縁をつなぐ政略結婚の役目はあるからとデリックと婚約したけれども、彼は華やかな妹とは違った地味な私のことを疎んでいたこと。

「せめて人の役に立つことをしろ」と人の出入りが少ない騎竜の里に働きに出されたこと。

婚約者だったデリックは「立派なことだよ」と応援してくれたけれど、今になってみれば、彼は私が騎竜の世話という危険な職業に就くことで、何か傷物になるような展開を期待していたのかもしれない、とまで思ってしまう。

今までのことを改めて言葉にすると、情けなくて涙が出てきた。マーガス様の指が涙をそっと拭って、その腕が私を抱きしめる。

「でも、仕方ないんです。私は役に立たなくて……」

「君は十分立派に貢献しているし、必要とされている。世の中、魔法が使えない者の方が多い。君はその人たちを見て何か思うか？　思わないだろう」

「は、はい……」

「それと同じことだ。あの家の人間は、身分や魔力のあるなしで人の価値を決めつけて、本質を見ようとしていない。人間の価値はそんなことでは決まらない。君はもっと、自分に自信を持つべきだ。怒っていい。自分を卑下するな。君は尊重されるべき人間だ」

マーガス様の言葉が、じんわりと体に染み込んでいくのがわかる。

「もう傷つかなくていい。誰かに傷つけられたら俺を頼ってくれ。君がじっと痛みに耐えているのを見るのはつらい」

——自分のことは、まだ信じられないけれど。この人の言葉なら信じられる。

強く抱きしめられて、私は思わず、マーガス様の腕の中で子どものように泣きじゃくってしまった。

翌朝。大事を取ってポルカの世話はするなと言われたけれど、いつもと同じ時間に目が覚めてしまった。

「……？」

体に違和感がある。全身をぶつけたはずだけれど、どこにも痛みがないのだ。

「包帯を変えなきゃ」

包帯をほどくと、傷はどこにもなかった。山の民が作った軟膏に、そんな即効性があるものだろうか？　それとも出血が派手だっただけで、もともと大した怪我ではなかったのかもしれない。

「怪我の調子はどうですか？」

物音を聞きつけたのだろう、ミューティが扉を開けてひょこっと顔を出した。

「あ、ええと……大丈夫。すっかり治っちゃったの」

「……いつもよりは嘘をつくのが上手ですけど、そんなはずはないでしょう」

「嘘じゃないわ。ほんとよ」

ムキになってミューティに傷一つない腕を見せると、彼女の目が驚きに見開かれた。

「自分自身にも治癒の魔力が使えるんですね？」

ミューティは私の腕を撫でたり、顔を覗き込んだりと忙しない。

「いいえ。多分、マーガス様が夜中に何かしてくださったんじゃないかしら？」

「何かって……そんな甲斐性があれば今こんなことに……」

ミューティは何やらぶつくさ文句を言っていたが、すぐに気を取り直したようで、にっと笑みを作った。

「やっぱり、治癒の力に目覚めたんですよ」

「そんなこと、あるわけないわ」

　私だって、子どもの頃はどうして自分には妹のような治癒の力がないのだろうと気に病んで色々と調べたことがある。後天的に能力が開花する可能性はほとんどないのだ、ごくまれに歴史に名を残すような人物が大器晩成型だったという伝説はあるけれど、めったにないことだから伝説なのだ。

「だって、ほら。騎竜の里にいる間になんとなーく力が使えるようになったんですよね、必要に迫られて。クソ妹とクソ男への怒りが、新たな力を目覚めさせたってこともあるかもしれないじゃないですか」

「ないわよ」

　ミューティは、不満げにぷーっと頬を膨らませた。

「そんなことを言うなら、ついてきてください」


　ミューティに手を引かれて行った先には馬小屋があり、中にラクティスがいた。彼は騎竜より馬派のようで、いつもニヤニヤしながら馬にブラシをかけているのだ。……私も人のことは言えないから、そのにやつき具合について言及したことはないけれど。

「愚兄。この辺に具合の悪い人間か動物はいない？」

「愚妹よ。いるわけないだろう。馬は元気いっぱいだ。奥様の鳥はどうした」

　振り向いたラクティスは私の腕に包帯が巻かれていないのを見て、わずかに片方の眉を上げた。

「あの鳥、元気なくせに仮病を使うから無理。　近所にいないかな?」

「心当たりがないこともない。ついてこい」

ラクティスが裏門を指し示した。　私はそのまま、ミューティに引きずられるようにして屋敷を出る。


「この前馬車に轢かれて、足を悪くしてしまった犬が向こうの家にいます」

「それは気の毒な話ね……」

犬とはいえ、私にとっては他人事ではない。痛みを感じているならば、和らげてあげたいのはもちろんだ。

「ね、だから治してあげましょう。黒くて大きくて、凛々しくて、すましてるけれど人懐こいですから。まるで誰かさんにそっくりで、きっと気に入ると思いますよ」

「ま、マーガス様が犬にそっくりだなんて！」

「妹は、その犬が旦那様にそっくりだとは一言も言っておりません」

ラクティスはにやりと笑うと、すたすたと歩いて行ってしまった。……謀られた。

「ここです」

貴族の邸宅街を抜けた先には、なかなかに立派なお屋敷があった。貴族ではないけれど商家か学者か……裕福な家ではあるだろう。

「ここは引退した元商人の家なのですが、先日飼い犬が散歩中に孫娘を庇って怪我をしてしまったそうで。それで孫娘が泣き暮らしていると御者から聞きました」

ラクティスは情報収集に余念がなく、私より何倍もこの周辺の事情に詳しいのだ。

「急にお訪ねしても大丈夫なものかしら。家主の方とはお知り合いなの？」

「いえ、そんなに。まあ、なんとかします」

ラクティスがブラウニング家からのお見舞いだと告げると、あっさりと屋敷の中に入れてもらうことができた。これが公爵家の威厳というものかしら……。

「まさかうちの犬が公爵夫人にお見舞いをしていただける身分になるとは……」

この家の主人らしい老紳士は落ち着いてはいるけれど、眼鏡の奥の瞳は忙しなく瞬きをしている。何かよいことが起きるかもしれない期待と、突然公爵家の者が押しかけてきた不安がない交ぜになっているのだろう。

「わ、私は別にそのような……それにまだ」

「しっ。兄に話を合わせてください」

ミューティに話をややこしくするなと釘を刺されては、黙っているほかない。

状況がわからないまま連れてこられてしまったけれど、ここで私が空振りに終わってしまった場合、非常に気まずいことになる……。

件の犬は、書斎に孫娘とともにいた。少女の足元に力なくうずくまっているその下半身には、お手製だろう木で出来た車いすが装着されている。

「お姉さん、だあれ？　お医者様？」

突然の来客に顔を上げた少女の目は少し赤くなっていて、泣き暮らしていると言うのは大げさな話ではないのだろう。

「いいえ、私はただの騎竜のお世話係よ。でも少しだけ、その子を楽にしてあげられるかもしれないわ」

「本当⁉　オニールがまた歩けるようになるの⁉」

純粋な期待のこもった視線を向けられて、緊張で暑くもないのに汗が滲む。

「い、痛みを緩和させることはできるけれど、歩けるようになるのかは……」

少女の期待を一身に背負いながら、黒い犬に向かって魔力を込める。動物は敏感な生き物だ。突然魔力にさらされて落ち着かない気持ちになるだろうに、じっと目をつぶって、うなり声も上げずにおとなしくしている。

「いい子ね。そのまま、じっとしていてね」

ぼんやりとしていたはずの私の魔力は、他の人にもはっきり目視できるほど強まっている。……今までにはなかったことだ。ミューティの言う通り、必要に迫られて、徐々に力が強まっているというのだろうか？

考え事をしていると、犬が「もういいです」と言わんばかりに、すっくと立ち上がった。そのままくるくると回ったり、ジャンプをしたり。先ほどのしょんぼりとした様子とはまるで別犬、とでも言おうか。

「え……」

自分で始めたことなのに、こんなにも即効性があるとは思わなくて、あっけに取られてしまった。

困惑しているのは私だけのようで、ミューティはさも当然かのようにぱちぱちと拍手をしているし、ラクティスは家主と固い握手を交わしていた。

「すごい！　すごい！　オニールが治っちゃった！　お姉さん、ありがとう！」

「え、ええ。こちらこそ」

ぎゅっと抱き着かれて、正直悪い気はしない。動物のお世話は好きだけれど、人間相手だとこんなにもはっきりと感謝の気持ちを示してもらえるのか、と新鮮な驚きがある。

「やめなさい、この方は公爵夫人なのよ」

母親だろう女性に引きはがされて、少女はさらに歓声を上げた。

「公爵夫人って、お姫様のこと⁉　お姫様がうちにきて、魔法を使ってくれたの⁉」

「違うわよ。公爵夫人というのはね、公爵様のお嫁さんよ。……失礼いたしました。なにぶん平民育ちのものですから……」

ぺこぺこと頭を下げられると、つられて自分も頭を下げてしまう。

「いえ、そんな……私のことはただアルジェリータとお呼びください。……急にお邪魔して、失礼いたしました。これにてお暇いたします……ささ、二人とも、行きましょう」

馬車でお送りしますと申し出があったのを丁重にお断りして、逃げるように屋敷を出ると、二人は黙ってついてきた。

「……」

「……」

考えがまとまらないので、ゆっくり歩いて帰りたかった。てっきり冷やかされるかと思ったけれど、二人が神妙な顔をしていることは、顔を見なくてもわかる。

「……奥様。魔力がないって話でしたよね？」

ラクティスは私がどうしてあの屋敷でぞんざいに扱われていたのかを知っているし、それを目の当たりにしてもいる。そのはずなのに、私が自分の腕も、犬の足も治してしまったのだから、これはどういうことだと尋ねたくもなるだろう。

「そう。隠していたとかではなくて。どうしてこうなったのか、私にもわからないのよ」

「とにかく、めでたいことです。旦那様にも報告しましょう」

「ま、マーガス様には言わないで！」

「どうしてです？　だって、力があるかないか確認するためにあの家に行ったんですよ。報告しますよ。めでたいことじゃないですか」

ミューティの疑問はごもっともだ。

「と、とにかくよ。秘密にしておいて。三人だけの」

兄妹は顔を見合わせて「はあ……」と困惑した声を出した。


「三人で散歩に？」

意図せずしてお留守番係になってしまっていたマーガス様が、玄関で私を出迎えた。

「も、申し訳ありません。ワンちゃんのお見舞いに」

「犬？」

マーガス様は首を傾げた。

「犬が好きだったのか」

「は、はい。犬も好きです。でも、飼ったことはなくて、見るだけです。黒くて大きくて、凛々しくて、可愛い子でしたよ」

「ふむ……そうか。考えておこう。……怪我はどうした」

マーガス様の視線が私の腕に注がれている。包帯をしていない。そして傷がない。誰が見ても明らかだ、秘密にしておいてだなんて言うまでもなかった。

「ええと。あの……軟膏が、とてもよく効いたみたいで」

「……そうか？」

マーガス様の訝しげな声が聞こえた。いくらなんでもおかしいと思っているのだろう。

「はい。ですから、治癒師の方は呼んでいただかなくて結構です」

「……君が不要と言うならそうしよう。では、午後は舞踏会用のドレスを選んでおいてくれないだろうか」

「は、はい。わかりました」

マーガス様はふいと視線を逸らした。……納得していただけたのだろうか？　手をくるくるとひっくり返してみても、やはりどこにも傷はなかった。原因はわからないけれど、私の魔力が増してきている。自分と、すぐそばにいる相手の怪我を治せるぐらいには。

……でも、そうだとしたら。治癒の力は貴重だ。クラレンス家は私を連れ戻そうとするかもしれないし、仕事はいくらでもある。力を使いこなせれば、どこでも働けるようになるだろう。

……けれど、それは、私がここにいなくてもいいと、マーガス様が認識してしまうこと。

行き場がなくて気の毒な女だからおそばに置いていただけているのに、他にもっとよい仕事ができるとなれば、マーガス様は私に他の仕事を紹介してくださるだろう。

……それが、嫌だと思ってしまった。

「奥様、奥様」

ミューティに肩をつつかれて、はっと我に返る。

「な、何かしら」

「旦那様が仰った通り、ドレスを決めましょう。……とりあえず、なんでもいいけど腕が治ったのは朗報です。だって、ドレスのデザインに気を揉む必要がないわけですから」

「ドレス？」

そう言えば服を買うのをすっかり忘れていたことを思い出した。

「ええ、舞踏会の」

「舞踏会？」

確かに、マーガス様は先ほど舞踏会用のドレスを、と言った。

「そうですよ。旦那様は、奥様を社交界に見せびらかすつもりなんです。その準備を」

貧血でもないのに、意識が遠のきそうになった。

マーガス様は本気なのだろうか？　いや、もういい加減、彼が冗談を言うような人ではないことはわかっている。

本気なのだ。

とうとう、マーガス様は妻として、私を外に連れ出す気なのだ。

「ささ。注文したドレスが届いていますから。頑張って選びました。ぜひ見てください」

「いつの間に？」

「だって、奥様に任せておいたらいつまでも着たきり雀のままじゃないですか。昨日、お留守の間に搬入しておきました」

「着たきり雀じゃないわ。似てるけど全部違う服なのよ……って、引っ張らないでよ」

「逃げられると困るので」

ミューティに手を引かれ、衣装棚の前までやってきた。ソファーに腰掛けて待っていると、ミューティは足取りも軽くドレスを一枚、持ってきた。

「こんな薄い生地、ポルカの爪で引っかかれたらひとたまりもないわ」

淡い黄色の薄絹は、一目見ただけで洗濯板で洗ってはいけないだろうな、とわかる。

「騎竜は舞踏会に来ません」

「そんなことはないわよ。この国ではね、大きな舞踏会の時は騎竜のパレードがあるの。騎竜だって舞踏会に来るのよ」

「はいはい。屁理屈は結構です。試着してください」

「……わ、わかったわ。当日はこれを着ればいいのね。……入るかしら」

「これは一番手前のを持ってきただけなので。きちんと選んでください」

「……何着あるの？」

聞くのが怖い。正しくは、枚数を聞いて、かかった金額を逆算するのが、怖い。

「十着ぐらいですよ。頑張って選びましたから、全部見てくださいね」

「でも、私、宝飾品を何も持っていないのよ。靴もないわ。ドレスだけあっても」

一応、クラレンス家には代々伝わる宝飾品があるにはある。けれど、それを私に貸し出してくれるとはとても思えない。

「ご心配なく。こんな時のために、旦那様が」

ミューティが衣装棚の奥から革張りのトランクを引っ張り出してきた。恭しく、ぱかりと開けられたトランクの中には、真新しい宝飾品がびっしりと詰まっている。トランクの内ポケットにはマーガス様からの手紙が挟まれていて「気に入ったものがなければ、この店に注文してくれ」と店の名刺が同封してあった。

「いつの間にこんなお買い物を……」

まだ返品はきくだろうか、と焦っていると二枚目の便箋があるのに気が付く。

「こちらの品はすでに購入済み。そのため、業務として適切に管理するよう」

「適切に管理、適切、に……」

購入してしまったものは仕方がない。適切に保管。それなら私にもできそうだ。しまい込んで、何もしなければいいのだから。

「どれにしますか？」

ミューティはトランクの中から目録を引っ張り出して、ずずいと私の前に見せた。

「……どれも綺麗だわ」

「この黄色いダイヤモンド、ポルカの目の色にそっくりじゃないですか」

「そうねぇ……」

「お相手の瞳の色に合わせるという話も聞きますが、旦那様の目に似た色の宝石だとちょっと地味でしょうか？」

「うーん……私としては、地味な方がいいのだけれど」

「もっと落ち着いた色のドレスもあるのですが」

「ですが？」

「私は見たんです。旦那様が、こっそりドレスの位置を入れ替えているのを」

ミューティは身をかがめて、私の耳元に囁いた。

「奥様には明るい黄色が似合うと思っていらっしゃるんですよ」

「そ、そうなのかしら？」

忙しいマーガス様が、私の服の色などいちいち気にするだろうか。いや、ご自身が着用する衣装との兼ね合いもあるのかもしれない。いくら素敵でも、ちぐはぐな組み合わせになってしまっては格好が悪い。服装だけでも、マーガス様に合わせなければ。

「このエメラルドなんてどうでしょう？　透明感があって、葡萄みたいで綺麗です」

ミューティはエメラルドの耳飾りをつまんで、日の光にかざした。

「そうねえ……でも、目録を見るとこのエメラルド、ギュンス王国産なのよ。今は国交が悪化しているから適切ではないと思うわ。マーガス様が国政に思うところあり、だなんて思われては困るし」

他には何があるかしら。トランクの中を見渡すけれど、目がちかちかする。

「……」

返事がないので顔を上げると、ミューティが珍しくぽかんと口を開けて私を見ていた。

「どうしたの？」

「いや、ちゃんと奥様らしいことを言ったので驚いてしまって……」

「まあ」

失礼ね、とは言えない。だってそうなのだもの。

「私だって、色々考え事ぐらいするわ」

「奥様が心の中で色々考えているのはもちろんわかりますよ？　だけど、その時に何を考えているのか私たちにはわからない。でも、たまによく喋る時があって、その時初めて『ああ、あの時のあれはこういう意味だったんだ！』って後から理解するんです。そういうところが旦那様と似てるんですよね」

ミューティは自分で自分の言葉に納得したのか、うんうんと頷いている。

「似てる？　私と、マーガス様が？」

「はい。普段は言葉が足りないのに、仕事のことになるとめちゃくちゃに喋り出すところとか、真面目な顔で頓珍漢なことを言い出すところとか」

慌てて周囲に誰もいないか確認してしまった。屋敷は静まり返っていて、私たちの会話を聞いているものはいなさそうだ。……ラクティスが物陰にいるかもしれないけれど。

「私のことはいいけれど、マーガス様にそんな言い方は……」

「私たちは戦友なんですよ。そういう場では、上下関係なんてうやむやにした方がいい時が多々あります」

ミューティはにやりと意地の悪い微笑みを見せた。この顔には見覚えがある。ポルカと一緒だ。『私は知ってるもんね！』の笑みだ。

マーガス様について、私が知っていて、ミューティやポルカ、そのほかの人が知らないこと。

「……なんにもない」

思わず、頭を抱えてしまった。私にはこういう時、ちょっとやり返したくてもやり返すための切り札がないのだ。嘆かわしい。

「どうしました？」

「……マーガス様の昔の話、教えてって言ったら、教えてくれる？」

「いいですよ？　その前に、私の仕事を片づけてくだされば」

「う……」

ミューティが再び私の前にずずいと目録を差し出してきたけれど、気持ちが定まらない。

「ああ、そうだ。あれにしましょう。きっと、一番高いから。本家から持ってきた品だそうですよ」

ミューティが鼻歌を歌いながら、二重底になっているトランクの底から薄い箱を引っ張り出し、そして私の目の前で婚約の申し込みよろしく、跪いてぱかりと箱を開けた。

――目がくらんだ。


「私が、こんな立派なものを身に着けていいのでしょうか……」

馬車の中で、胸元（むなもと）のブルーダイヤモンドがちゃんとあるかどうか、おそるおそる指で確認する。首と肩に重さはずっしりと感じるのだが、こんな高価なものがいつの間にかなくなっていたりしないかと、気になって気になって仕方ない。

「君の優しげで落ち着いた雰囲気に似合っている」

マーガス様はなんのためらいもなくそう言ってのけた。厳格な方に見えるが、実際なかなかにお茶目な性格をしていると思う時がある。

私は今、マーガス様とともに、王城へと向かっている。

マーガス様は舞踏会に私を伴(ともな)って参加することを決めたのだ。

恥ずかしながら、この年齢(ねんれい)になるまでに一度もダンスの経験がなかったので、マーガス様にみっちり基本を叩(たた)き込(こ)んでもらった。

ミューティと一緒に選んだドレスに、ブルーダイヤモンドの首飾(くびかざ)りと耳飾り。社交界デビューをさせてもらえなかった私に、借り物とは言えこんなにも立派な装(よそお)いをする日がやってくるとは、人生はわからないものだ。

「……ラクティスとミューティからは、頓珍漢なことばかり言う、と苦情が来ます」

「あいつらの方が頓珍漢だ。しれっと失敗をごまかしたりする」

私の愚痴(ぐち)をマーガス様は軽く笑い飛ばした。いつもより少し、ほんの少しだけ少年のようにはしゃいでいらっしゃるようだ。

「ラクティスはこの前なんて……」

「それは言わない約束でしょう?」

御者台の向こうから、ラクティスの不満げな声がした。

「そうだったか?」

「うちの旦那様は忘れっぽくて困ります」

　――ほら、それ。また私だけが知らない話題で盛り上がっている。けれど、誰も私にその内容を教えてくれないのよね……。

　そこまでむっとしてから、ふと違和感に気が付く。私は疎外感を覚えている。疎外感を覚えているということは、つまり。輪に入れてほしいってことで。

　――つまり、構ってほしいってことで……。

「……ああ……」

「どうした？」

　思わず頭を抱えると、マーガス様も頭をかがめて、私の顔を覗き込もうとした。

「な、なななななんでもありません」

「心配事があるなら、些細なことでも言ってくれ」

「心配なことが多すぎて、何からご相談すればよいか……」

　馬車の行き帰りは一緒だけれど、今日は戦後初めての舞踏会とあって、騎竜の行進が開会前に行われる。マーガス様はその指揮のために、ひと時私のそばを離れる。

　社交界に知り合いと呼べる人なんて、ほとんどいない。マーガス様と合流するまでに、緊張して粗相をしないようにしなければいけない。

「何を聞かれても、答える必要はない。尋ねられたら俺に話を回すんだ」

「……はい。ブラウニング家の恥にならないように、黙っております」

マーガス様を怒らせた人物と舞踏会で鉢合わせする可能性は、あるのだろうか。聞きたいけれど聞けない。

「今日は皆に君を紹介する。俺が保証する、君は立派だ。恥じることなど何もない」

マーガス様は私の手を強く握った。

その言葉に、どうしようもなく胸が高鳴った。私をそばに置いてくださっている理由はまだ、わからない。でも私は日陰者でもないし、ローラン様の後妻でもないのだ。

このまま、本当にマーガス様の妻になれるのかしら？　夢物語がもしかして本当の本当に現実になるのではないかという恥ずかしさに、一層頬が熱くなる。

「隊の所に行ってくる」

馬車が裏門に止まり、マーガス様が先に降りた。本当はもっと早くに登城していなくてはいけないのに、わざわざ私に合わせてくださったのだ。

「では、ポルカにもよろしくお伝えください」

「あいつは張り切っているだろうな。特等席で、晴れ舞台を見てやってくれ」

「ふふ、そうですね」

ブラウニング邸で行っていたポルカの行進練習は困難を極めた。彼女は優美な外見とは裏腹に、生粋の戦場生まれ戦場育ちなので、行進用の歩き方は苦手なのだ。それが判明したのはつい最近のこと。

「私も、ポルカに馬鹿にされないように練習の成果を発揮できるといいのですけれど」

マーガス様は立ち止まって、振り向いた。

「……楽しみにしている」

マーガス様が行ってしまうと、私は一人になる。けれどブラウニング公爵家の紋章が付いた馬車が通行証の代わりになるので、大丈夫だ。

「では、私はここで待っておりますね」

「ええ、よろしくね」

「……ご武運を、お祈りしております」

ラクティスは深い礼で私を見送った。お城の中に危険なんてあるはずもないのに……。


ホールは人でごった返しており、私は右往左往することしかできない。マーガス様がいれば視線が集中しただろうけれど、私一人だと気楽なもので、時折物珍しそうに見る人がいる程度だ。

――ルシュカは、いないわね。

ひとまず、会いたくない人物の姿は見えなかったのでほっとする。このまま身を隠しておこう。ルシュカは騎竜には興味がないから、バルコニーへ行けば間違いなくいない。

「騎竜って、全部同じじゃない？」

「ね。色ぐらいしか、見分けがつかないもの」

「よーく見たら顔が違うけれど、入れ替わるとわからないわよね」

「それよりも、今日は珍しい方が来ているんだから。ねえ、双眼鏡を貸して」

……近くの令嬢たちがそんなことを言う。そんなわけないでしょう、全然違うのに！

とは思っていても口には出せない。騎竜の里に勤め始めた頃は、私もそうだったから。

気を取り直して、規律正しく並んでいる騎竜の隊列を眺める。

その中でもやっぱり、ポルカは一際美しい。引き締まった体つきだけれど、遠目から見ても雌だとわかるまろやかな丸みを帯びた臀部のあたりと、まっすぐな脚。

毛並みの素晴らしさは、並み居る騎竜兵団の中でも一際。

この日のために、ポルカのお手入れに精を出した。彼女の美しさは輝くばかりで、堂々とした姿に普段のお転婆娘の面影はない。迎えにやってきた部下の方の「うわっ、美人！　さすがマーガス様！」の誉め言葉が、なんと誇らしかったことか。

「ああ、ポルカ、立派になって……」

ポルカは容赦なく浴びせられる黄色い悲鳴にもひるまない。勇猛果敢、騎士団の女王だ。

マーガス様と二人、比翼連理とはまさにこのこと。

思わず目頭が熱くなり、ハンカチで押さえる。

「レディ。そんなに見たいなら、一番前の席をどうぞ」

最前列に立っていた優しげな老紳士の言葉を受けて、ありがたく場所を譲っていただく。

「ありがとうございます。騎竜の行進を見るのは生まれて初めてなもので、ついはしゃいでしまいまして……」

「ほう。騎士ではなく騎竜が好きなのだね。珍しいことだ」

「そうでしょうか？　私は騎竜が大好きです。毎日一緒に暮らせて、幸せです」

老紳士は微笑んだ私を見て、どこか遠くを見るように目を細めた。

「……そうだね、騎竜乗りと言うのはそういうものなのだね。……私も、せめてあの子だけでも屋敷に戻すか……」

「……？」

どうかされましたか、と尋ねる前に老紳士はすっと立ち上がり、会釈して去っていった。去り際、胸元に見えた家紋は――フォンテン公爵家。

――あの方が、フォンテン公爵。

戦争で行方不明になった一人息子は、騎竜乗りだったという。騎竜の行進にかつての息子の幻影を見ていたのかもしれない。はしゃいでしまって、悪いことをした。

少し浮き立っていた気分を鎮めようと深呼吸したその時、肩を指でつつかれた。

「……もしかして、姉さん？」

聞きたくない声が聞こえて、私は振り向かないことにした。けれど、再び指で肩をつつかれては無視できない。

振り向くと、やはり声の主はルシュカだった。よく言えば華やか、悪く言えばごてごてとしたドレスに、過剰な装飾品。愛らしい見た目が少し残念なことになっている。

「……ルシュカ……」

私がルシュカを見つめたように、妹もまた、私を頭のてっぺんからつま先までじろじろと眺め回している。

「姉さん、なんだか派手になったわね。よく見ないと、気が付かなかったわ」

それはこちらの台詞よ、と喉まで出かかったのをぐっとこらえる。

「腕はどうしたの？」

私に用事なんてあるはずもないのに、ルシュカは私から離れようとしない。

「すぐ治ったわ」

「あんなにすりむいておいてそんなわけ……姉さんったら、私の親切を無視した上に、使用人の分際で治癒師を手配してもらったの？　本当に迷惑な人ね。いくらかかるかわかっているの？」

「……すぐ治ったわ」

もう一度、ルシュカにもわかるようにゆっくりと口にしたが、彼女は納得しない。

「そんなわけ……って！　なんであんたが、それを身に着けているのよ！」

「きゃっ……」

変なものを見るような目で私の顔を見ていたルシュカが、急に何かに気が付いたように叫んで、首に手を伸ばしてきた。

「やめて！」

思わず手を振り払うと、ルシュカは興奮したような様子でなおも手を伸ばし、私の肩をがっちりと摑んだ。

「そのブルーダイヤモンド。それ『公女の瞳』でしょう、ブラウニング公爵家に伝わる」

「公女の、瞳……？」

頭の中から、ミューティが「本家から持ってきた品だそうです」と何気なく言っていた記憶を引っ張り出す。

今の今まで思い至らなかったけれど、マーガス様は公爵家に連なる方。世間に名高い宝飾品を所持していても、何らおかしな話ではない。

急に、胸元のダイヤモンドが注目を集めているような気がして、そっとルシュカから隠すように手を胸元に置いた。

「どうしてよ！　どうしてあんたが、そんな立派な宝石を身に着けているのよ！」

「どうして、って……マーガス様が、用意してくださったのよ」

「なんでマーガス様が、わざわざ姉さんに公爵夫人が身に着ける宝石を貸し出すのよ！

姉さんは、老ブラウニング公の後妻でしょう？　世代が違うじゃない、出しゃばりね。公女の瞳はあの方だって身に着けさせて……」

「……違うわ。私は、マーガス様の未来の妻として紹介されるためにここに来たのよ」

「マーガス様の、妻あ～？」

やっとのことで絞り出した言葉に、ルシュカは馬鹿にしたようにふん、と鼻を鳴らした。

「そんなわけないじゃない。絶対に……絶対に、そんなことありえないわ」

ルシュカの声が随分とゆっくりに聞こえた。彼女は何か、私の知らないマーガス様の情報を知っているのだ、と思う。

「だって、マーガス様は、我が国の第三王女セレーネ様と婚約しているのよ。お城に勤めている人は皆知っているわ。だから、そんなわけないのよ」

衝撃的な言葉に、ルシュカの笑顔がぐにゃりと歪んで見えた。

「ほら、見てみなさいよ、あれ」

ルシュカがぐいっと、私の肩をバルコニーに押しつけた。騎竜の行進は終わっていて、肩越しにマーガス様に駆け寄る一人の女性が見えた。

「マーガス！」

マーガス様を呼ぶ、甘い声。とろけるような微笑みをたたえているのが、顔を見なくてもわかる。

ランプの光に照らされて、一段と艶やかにきらめく白銀のドレス。マーガス様の腕に、自分の腕を絡めるようにして立つその女性は、夜の妖精のように美しい。

こちら側からは、マーガス様の表情は窺い知れない。

――けれど。もし、私が知っているより、優しい顔を、していたら。

心臓がばくばくと嫌な動きをして、息が苦しい。視界がだんだんと狭くなってくる。

「閣下が結婚なさるのはね」

ルシュカが囁く。

「あの方に嫁ぐのは、王女セレーネ様よ」

目の前が暗くなる。体から力が抜けて、ルシュカの勝ち誇った笑い声だけが耳に残る。

何もかも――こんな気持ちになるぐらいなら、よかったことも全て嘘だったらいいのに、とさえ思った。

「あーら、大変。具合が悪くなったみたい。どうか姉が休めるお部屋をご用意していただけますか？」

ルシュカが甲高い、よそ行きの声で周りに助けを求めているのが聞こえた。

「さ、姉さん、お茶でもどうぞ」

城の一室——控え室だろうか。私はそこに運ばれて、ルシュカが差し出したティーカップをじっと眺めている。

「顔色が悪いわ。お茶でも飲んで、休むといいわよ」

正直そんな気分ではないし、ルシュカのことだ、善意かどうかはわからない。長居するわけにもいかないだろう。

「私……もう……帰らなくては」

マーガス様にお会いしなければいけない。セレーネ王女との婚約について、直接お話を聞かなければいけないと思う。

「まあ、ショックなのはわかるわ。もう少しゆっくりしていったらいいじゃない。本当に偏屈なんだから」

ルシュカはいかにも心外だと言うように目を見開いているけれど、その美しい顔の下で、本当は何を企んでいるかを推し量るのは難しい。

「そういうわけにもいかないのよ。私……早くマーガス様にお会いしないと」

「ダメよ」

ルシュカの冷たい瞳が、立ち上がろうとした私を見下ろしている。

——油断した。その瞳には、先ほどまでのよそ行きの様子はない。彼女は何か理由があって、私をこの部屋に連れてきたのだ。

「私、命令されているの。姉さんを……マーガス様の愛人を連れてこいって」

「あ、愛人……？」

ルシュカの唇がにいっと吊り上がり、ランプの光で瞳は妖しく光る。まるで魔物のようなその表情にぞっとして、鳥肌が立った。

「私は愛人なんかじゃ……」

「さっきの見たでしょう？　それとも、姉さんはセレーネ王女が、誰彼構わず立派な方に駆け寄って腕を絡ませて、微笑みかける方だとでも思っているの？」

ルシュカが大きく声を張り上げて、私は情けなくも萎縮してしまった。

「セレーネ様は、婚約者であるマーガス様との関係に悩んでいらっしゃったの。ささいなことで喧嘩して、マーガス様がそのあてつけに自分を無視するって、心を痛めていらっしゃったわ。だから、王女様のお力になろうと思って姉さんに話を聞こうとしたのよ」

――王家からの手紙と、驚いた使者の顔が蘇る。

「そうしたら、姉さんが恥ずかしげもなく自分が愛人だって吹聴するから、私、びっくりしてしまって」

「あ、愛人って……」

「だってそうでしょう。婚約者が他にいるのだから、姉さんは浮気相手なのよ。後妻として嫁いだ家の孫に色目を使うなんて、見た目の割に大胆なことをするのね」

――ローラン様はすでにお亡くなりになっている。けれど、それを知らない世間から見た私はそう思われても仕方がない。ここにいないマーガス様を信じたいのに、目の前のルシュカの言葉に揺(ゆ)らぎそうになる。

「王女セレーネ様はね、マーガス様の同情を買って取り入る姉さんにお怒りなの。でも、お優しい方だから許してくださると思うわ」

「……私、何もしていないわ」

「では、同じことをセレーネ様の前で言ってみればいいわ。何もしていない、私はただ弄ばれただけなんです、って」

「っ！」

思わず立ち上がった私を嘲(あざけ)るように見つめて、ルシュカが笑った。

「セレーネ様、お入りください」

ルシュカの勝ち誇ったような声に、私は体をこわばらせた。ゆっくりと部屋に入ってきたのは、他の誰でもないセレーネ王女だったからだ。

「よく来てくれたわね。わたくしは第三王女、セレーネよ」

「お、お初にお目にかかります……」

慌てて臣下の礼を取る。まさか本当に王女が私に会いにやってくるとは思わず、かすれた声が出た。

「あなたがアルジェリータね？　ルシュカから話は聞いているわ」

「は……はい」

声が震えそうになるのを必死にこらえて返事をすると、セレーネ王女は私の頭を撫でた。くすりと微笑む音が聞こえそうなほど、彼女が私のそばにいる。まるでじっくり、買い物のために検分されている商品のようだ。

「そんなに緊張しないで？　あなたのことは許してあげるわ。彼に尽くしてくれたのだもの。敬意を払わないとね」

——顔を上げると、セレーネ王女は、美しく笑っていた。

「彼は、わたくしの婚約者なの」

王女が「彼」と親しげに呼んだのはマーガス様のことだ。やはり、先ほど笑顔で駆け寄っていたのは……。マーガス様を信じたい気持ちと、王女殿下が嘘をつくわけがないという気持ちがせめぎ合う。

「ルシュカがいてくれてよかったわ。喧嘩のあと、マーガスったらずっとふて腐れたままなの。わたくし、ほとほと困り果ててしまって……でも、時間が解決してくれると考えていたの。まさか腹いせにこんな純朴そうな女性を騙そうとするなんて……」

セレーネ王女の瞳からぽろりと、透明な宝石のような涙がこぼれた。

「騙す、だなんて……」

「いいのよ。だってあなた、公爵邸にいないでしょう？　だから知らなかったのよね。仕方がないわ、責める気はないの。あなたは被害者だから」

「そんな……」

王女の言葉に、顔が青ざめてゆくのを感じている。違うと言いたいのに、私はその証拠を持っていなくて、ただただ唇を噛みしめることしかできない。

「ほら姉さん、王女殿下の優しさに甘えて、ぼーっとしてないで謝るのよっ！」

ルシュカがぐいっと私の髪の毛を摑んで、引っ張った。

「ルシュカ、おやめなさい。アルジェリータは傷ついているのだから」

「は、はい。失礼しました」

ルシュカから解放された私の頰を、セレーネ王女は優しく撫でた。

「あなたをここに呼んだのはね、誰のことも傷つけたくないからよ。わたくしとマーガス、二人のいざこざに巻き込まれた可哀想な人を作ってはいけないと思って」

「可哀想な……」

セレーネ王女の語り口は私に憐憫の情を持っているように聞こえるけれど、その瞳には冷たい光が宿っていて、本心からの言葉ではないのは明らかだった。

「だって、そうでしょう。あなたは気の毒よ。老人の後妻として嫁いで、うまく同情を引いて取り入ることができたと思ったでしょうに、わたくしとマーガスの喧嘩のスパイスとして利用されていただけだったなんて」

ルシュカがセレーネ王女の後ろで笑いをこらえるかのように口元を歪めた。

——私は嘲笑されている。

「ね、アルジェリータ。愛人のあなたにお願いがあるの。……マーガス・フォン・ブラウニングから身を引きなさいな。自分から」

「それは……」

「マーガスはね、本当はあなたを愛してなんかいないの。まだわからないの？　頭の悪い子ね。彼はわたくしへの当てつけに、言いなりになるしかないあなたを飼っているだけ。……騎竜よりはおとなしいでしょうからね」

「でも、私、は……」

はっきりしない返事に苛ついたのか、セレーネ王女は目を吊り上げ、私の腕を摑んだ。

「それとも、あなたは自分がブラウニング公爵家にふさわしいとでも？」

「い、いいえ」

「理解しているのなら、彼の前から姿を消しなさいな。マーガスは清廉潔白で実直な武人として評価されているわ。その彼が祖父の後妻に手を出して囲い込む——そんな醜聞で、輝かしい公爵の未来に泥を塗っていいわけがないでしょう？」

セレーネ王女が私の腕を離すと、全身の力が抜けて、まるで糸の切れた操り人形のように力なく椅子に座り込んでしまった。

目の前が真っ暗になって、暗闇の中で、王女の言葉が脳内をぐるぐると回る。

マーガス様のお気持ちがどうこうではなく、私の存在そのものがマーガス様に悪影響を与えてしまう、と事実を突きつけられてしまった。

——私には、どうにもできない。

「お金が必要ならあなたには十分なぐらい、融通してあげるわ。郊外に小さな屋敷もあげる。あなたはそこで静かに暮らすの……。結婚のあてがないのなら、十分でしょう？」

「王女殿下、こんな姉にそのような寛大な……お心遣いに感謝いたします」

ルシュカが嬉しそうに、恭しく頭を下げた。

「それじゃあね。決心がついたらルシュカを介して連絡して。ああ、それから……」

セレーネ王女は、私の首元のネックレスに指をかけた。

「——あなたには、似合わないわ」

じわりと涙が浮かんできたけれど、泣きたくはなかった。私がじっと俯いていると、セレーネ王女はくすくすと笑いながら、部屋を出て行った。

「ああ〜、よかった〜！」

二人きりになった部屋で、ルシュカは心底安心したように、大きくため息をついて胸を

撫で下ろした。一体、何がよいと言うのだろう？

「王女様に目をつけられたら、それこそうちだって被害をこうむるのよ。愛人ならもっとうまくやってよね、本当に気が利かないんだから。私が仲介しなければどうなったかわかっているの？」

今更、クラレンス家がどうなろうと興味はなかった。ルシュカは私が返事をしないのは気にならないらしく、楽しそうに笑った。

「まあ、でもマーガス様の気の迷いじゃなくて、きちんと姉さんを選んだ理由があってよかった。都合がよかっただけなのね。あの人、いっつも大真面目に見えるから一瞬本気なのかと思って焦ったわ。ちゃんと貴族として遊びと本命を使い分ける方なのね」

「マーガス様は、そんな方では……！」

「じゃあ何よ、真実の愛だとでも言うの？　王女殿下との婚約を破棄して、祖父の後妻を選ぶ――」

ルシュカが一旦言葉を切り、私をじっと見つめて、もうこらえられないとばかりに笑い出した。

「理由がないじゃない」

マーガス様にはわざわざ私を選ぶ理由がない。それはルシュカに言われるまでもなく、当然のことだ。

「それじゃあね、私は次期公爵夫人としてのご挨拶があるから。またね、姉さん。――結婚式には、ちゃんと出席してよね？」

言葉が出ない私にいらいらしたのか、ルシュカは私の腕を摑んで引っ張った。

「ほら、裏口から出て行って。そんな顔でホールをうろつかれちゃ、いい迷惑よ」

ルシュカが扉を開いた拍子に、ホールから優雅な音楽が漏れ聞こえてきて、思わず顔を背けた。あの部屋の中には、マーガス様とセレーネ王女がいて――今頃、喧嘩は愚かなことだったと、かたくなだった心は解きほぐされているかもしれない。

一度その情景を想像してしまうと、どうしても約束通りマーガス様のもとへ向かうことができずに、私は一人、馬車へと戻った。


「……」

「具合が悪かったということで、大丈夫ですよ。旦那様にはポルカがいますし」

私の顔色がよほど真っ青だったのだろう。待機していたラクティスは一瞬驚いた顔をしたけれど何も聞かず、マーガス様の戻りを待たずに馬車を出してくれた。

――マーガス様を置いて、帰ってきてしまった。

とても失礼で、許しがたい暴挙だ。けれど、あの場でマーガス様のお顔をまっすぐに見る自信がなかった。衆目の前で号泣するよりは、人知れず去った方がまだマシだろう。

「どうしました……？　ひどい顔ですよ」

予定より早い帰宅に、何事かと玄関から出迎えにやってきたミューティが心配そうに声をかけてきた。

「先に戻らせていただいたの」

「私が考えたドレスと宝石の組み合わせが不評でいたたまれなかった、とかですか」

「そんなことないわ」

「ご機嫌で奥様を連れて行った後、旦那様はどうされたんです？」

ミューティは私をじっと観察しているけれど、その棘のある問いかけは兄であるラクティスに向けられているような気がした。

「お仕事」

ラクティスがぶっきらぼうに答えた。二人の空気がこんなに悪くなるのは、やっぱり私が至らないせいだ。

「大丈夫よ。少し、具合が悪くなって……先に戻らせていただいたの」

「薬湯を作りましょうか」

「いいの。……しばらく、放っておいて。今、とても眠いから」

拒絶の言葉にミューティは悲しげに俯いたけれど、それ以上の追及はされなかった。

靴もドレスも脱ぎ捨てて、寝台に潜り込む。ミューティが部屋の外まで飲み物をワゴンで運んできた音がするけれど、今はお礼の言葉を口に出せないほど気分が重い。このまま地面にめり込んでしまいそうだ。

今日言われた嫌な言葉たちが延々と脳内で繰り返される。

胸のあたりに焼け付くような痛みがあって、魔力を込めてみる。けれど、やっぱり自分の苦しみを紛らわせることはできなかった。


眠りの世界への逃避は、もちろんできない。布団にくるまったまま、暗闇の中で丸くなっていると、屋敷の外で騎竜の足音がした。マーガス様が帰ってきたのだ。

そうして、静かなノックの音がした。

「アルジェリータ……」

マーガス様の声だ。私がいなくなったのを知って、会を切り上げて戻られたのだろう。

「何かあったのか？」

マーガス様の声はいつものように優しかった。けれど、私は先ほど見聞きした内容と、それについての感情の揺らぎを、順序だてて話す自信がない。

「申し訳ありません、具合があまりよくなくて……」

「そうか。無理をさせてすまない。……顔を見てよいだろうか?」

「いえ、とてもひどい顔で……申し訳ありません」

「そうか……では、また明日」

マーガス様の足音が静かに去ってゆき、みじめさで涙が出た。

――分不相応な、感情を抱いてはいけなかったのだ。

五章 ✦ 脱走

「……アルジェリータ」

「……はい」

「……その。何か、飲み物をくれないか？」

「かしこまりました」

　きっちりと深く礼をすると、マーガス様の何か言いたげな視線が頭に突き刺さった。舞踏会の夜から、マーガス様と会話するのを意識的に避けていて、ずっとぎこちない。

　話を聞いた時は、マーガス様に確認するまでは何も信じられない、と強く思っていたはずなのに、いざ本人を目の前にすると、真実を知るのが怖くて何も言い出せない。

　――彼はわたくしへの当てつけに、言いなりになるしかないあなたを飼っているだけ……騎竜よりはおとなしいでしょうからね。

　セレーネ王女の言葉の一つ一つが、棘となって私の心にずっと突き刺さっている。思い出すたびに、ぎゅっと心臓を握り潰されるような感覚になって、苦しい。

　――こんな感情に心を支配されるぐらいなら、最初から何も起きなかった方がよかったとすら思う。

「アルジェリータ」

優しくされているうちに、知らず知らず、私は甘えてしまっていたのだ。最初はただ置いてもらえればそれでよかったのに――いつの間にか、この家に受け入れられているような気持ちになっていたから。それは親切でしかないし、私はただの駒でしかないし、真実がどうであれ、私がマーガス様にふさわしくないのは事実だ。

「アルジェリータ！」

ぽん、と肩を叩かれて我に返る。マーガス様をお見送りするのに、物思いにふけりすぎてしまっていた。

「も、申し訳ありません。何か……御用でしょうか」

「いや……体調でも悪いのかと」

「申し訳ありません。少し考え事をしておりまして」

ゆっくりと首を横に振ると、マーガス様は私を見て心配そうに目を細めた。やはり、女性をその場限りの感情で利用する方には見えなくて、頭の中がぐるぐるする。

「そうか。……今日は騎士団の演習で遅くなる。早めに休むといい」

「演習……ですか。ポルカを連れて行くのですか？」

外出の予定は聞いていなかったけれど、ポルカが柵の向こうから、いつの間にか自分の手綱を咥えて顔を覗かせていた。マーガス様が出かける時は一緒に行くのが当然——と思っているのだろう。

「いや。彼女は置いていく。他の騎竜の騎乗訓練を行うからな」

ポルカは素晴らしい騎竜だ。けれど生き物には寿命があり、それはたいていの場合人間より短い。騎士を束ねる者が、いざという時に複数の騎竜を揃えていないのは業務に差し障るだろう。

「ポルカは……がっかりするでしょうね」

マーガス様がポルカ以外の騎竜を見つける。ポルカだって、元々は戦場で生まれて、育ってきた。長い戦いの中では、ポルカ以外にもマーガス様と共に過ごした騎竜がいるのだ。

私が知っているのは今と、それもほんのわずかの一瞬だけ。私もポルカも、マーガス・フォン・ブラウニングという男性の全てを把握して、共に過ごすことはできない。

私は、将軍であり次期公爵でもあるマーガス様の高位貴族としての顔を知らない。それは彼の力になれないことを意味する。騎竜の世話も、治癒魔法も、妻の役割も、私より上手くこなせる人はいくらでもいる。王女の言った通り、マーガス様のお気持ちとは別に、私がそばにいることで彼の名声に傷がついてしまう可能性の方が高いぐらいだ。

「行ってらっしゃいませ」

屋敷を出るマーガス様に向かって、深くお辞儀をする。何か言いたげな視線を頭部に感じるけれど、顔を上げることができない。マーガス様の瞳を見つめてしまったら、泣いて彼を困らせてしまうかもしれない。

「……それでは、行ってくる。なるべく早く戻る」

「はい。……お待ち……して、いますね」

何気ない言葉に、少し前までなら喜んでいたと思う。けれど、今はマーガス様のおそばにいることが、こんなにも苦しい。


マーガス様が出かけて、静かになった庭でポルカはじっと遠くを見つめている。

「ポルカ」

振り向いて、琥珀色の瞳が私を見つめた。口元には、まだ手綱を咥えている。

「今日は、お仕事はないのよ」

「……きゅ」

ポルカは小さく鳴いて、ゆっくりと首を振った。手綱を付けてやらなければ、彼女は納得しないだろう。ポルカも、もうすぐ自分たちだけの時間が終わることを予期していて、それでもプライドがあって、受け入れがたく思っているのだろうか。

「準備してあげるけど、マーガス様は戻ってこないわよ」

「……きゅー……」

手綱を付けて、鞍を乗せて、鐙を降ろす。ポルカは私の慣れない手つきに文句の声も上げずにおとなしくしている。なんだか別の、大人の騎竜を相手にしているみたいだ。

「はい、できたわよ」

ぽんとポルカの首筋を叩くと、彼女は柵ぎりぎりまで走って行った。もちろんマーガス様はいない。

「悔しいね」

声をかけたけれど、ポルカは振り向かなかった。じっと、外を見つめている。彼女なら、このままマーガス様が帰ってくるまでずっと待っているだろう。ポルカのような強さは私にはない。


「……あ」

開け放っていた自室の窓から、何か青いものが飛び出してきた。——私の、小鳥だ。飛ぶことはできないだろう、と診断されたにもかかわらず、元気に飛び回っている。誰かの助けで生き長らえていた存在が、自らの力で立ち上がり、巣立っていく。

「潮時……かしら」

マーガス様がセレーネ様と不仲になった理由は不明のままだ。けれど、セレーネ様の言う通り、これ以上お世話になるわけにはいかない。マーガス様は私をこのまま雇ってくださるだろうけれど、自分がそれに耐えられるかというと自信がないし、そもそも嫌だ。

――ここの仕事を辞めて、騎竜の里に、帰ろう。

「一身上の都合により、お暇いたします……頼るあてはありますので、どうかお気になさらないでください……のあとはどうしよう」

マーガス様に宛てた手紙を書くけれど、なかなかうまくは進まない。いきなりいなくなるのは無責任だ。まずは退職願を提出、お話をして、騎竜の里に再雇用してもらって……。

「そんなに真剣に。恋文でも書いてるんですか？」

扉の陰から、ミューティが訝しむように私を見つめている。勘の鋭い娘だ。私とマーガス様がぎくしゃくしていることなんて、とうにお見通しだろう。

「なんでもないわ。どうかしたの？」

さりげなく手紙をポケットにしまい込むけれど、不審な動作は完全にばればれだろう。

「さっき、広場で号外が出ました。これ、奥様の知り合いの騎竜ですかね？」

ミューティが差し出してきた新聞記事を見て、血の気が引いた。

『市街地にて騎竜が逃走中。王都内の屋敷への移送中に檻を壊して逃げ出した模様。毛色は青みのある黒、年齢は八歳ほど。プレートはついておらず、騎士団を引退した騎竜とみられる』

「まさか……」

騎士団所属の騎竜は胸に金の所属識別プレートをつけている。それがないということは、確かに騎竜の里の——私が知る誰か、かもしれなかった。

「かなり気が立っているでしょうから、家から出ないでくださいよ。間違っても捜しに行こうとか、自分がなだめて捕まえようとか……そういうのは見過ごせませんからね」

ミューティが念を押すように、私の目をまっすぐに見て言った。

「でも……」

「でも、もだって、もないです。このまま町の衛兵でも手に負えないとなれば、それこそ旦那様が出動して、あっと言う間に捕まえてくれるでしょう」

「そうね——」

おとなしくしているわ、と言いかけた瞬間に窓の外から騎竜の雄の力強い、仲間を呼ぶ鳴き声が聞こえてきた。それに呼応してポルカも鳴く。

「——ラルゴ！」

間違いない。私にはわかる。青みを帯びた黒の毛色もそうだけれど——鳴き声にはそれぞれ特徴がある。しばらく一緒に暮らしたラルゴの声を、私が間違えるはずがない。

——彼を捜さなければ！　ラルゴはまだ若く、主人と離れ離れになってしまったことがどうにも納得できずに、しょっちゅう脱走を試みていた。大怪我をして足が悪かったので、大事には至らなかったけれど——。私が去ってから、彼は何らかの理由で走る能力を取り戻し、主人を捜すために脱走したのだ。

一般人を傷つけた騎竜は殺処分されてしまう。けれど、彼は賢いから私のことを覚えているかもしれない。人のためにも、そしてラルゴのためにも。なんとかして、事件が起きてしまう前に彼を捕まえなくてはいけない。

「だから、ダメですよ。外出不可ですっ」

ミューティは私を羽交い締めにしてでも止めるつもりのようだ。痛くはないのだけれど、彼女は格闘術を身につけているのか動きにまったくスキがないし、彼女を振りほどいて置いていくのは困難を越えて不可能だろう。

「……マーガス様に情報提供をするわ。それなら外に出てもいいでしょう？」

「まあ、旦那様にお伝えするのであれば……」

ミューティはしぶしぶと言った様子で私を解放した。外出の条件はこうだ。彼女は屋敷で留守番、ラクティスが私についてきてくれる。馬車の準備ができるまで、私は玄関口で待つ。報告が終わる、あるいはラルゴが捕獲されないかぎり寄り道は不可。まるで子どもかと思うぐらいに厳しい条件だ。

「……機会を逃してしまった」

玄関口でラクティスを待ちながら、ポケットに押し込んだままの手紙を触る。ラルゴの一大事だと言うのに、自分のことに構ってはいられない。一段落ついたら、改めて……。

「……ぎゅっ」

耳元で聞こえた、騎竜のささやかな鳴き声が思考を遮った。一瞬硬直して振り向くと、そこにいたのはマーガス様に置いてきぼりを食らったポルカだ。

「なんだ、ポルカ。今ね、あなたに構っていられないの」

「ぎゅっ」

ポルカはちぇっ、とでも言いたげに小さく鳴いて、鼻先で私の肩のあたりをつついた。いつもよりしおらしくて妙な感じ……。

と思ってから、この状況は異常なのだ、とようやく気が付く。

ポルカはいつも、柵の向こうにいる。マーガス様以外の人間が、ポルカを柵の外に――正門前に放すわけがないのだ。

逃げた。

振り向くと、ポルカの黄金の瞳はまだ私を見つめていた。ゆっくり、捕まえようと手を伸ばした瞬間、ポルカは正門の鉄柵を、軽々と飛び越えてしまった。

「ポルカ！」

ラクティスは門から遠く離れた馬小屋で、ミューティも屋敷の中。私が捕まえなくてはいけない。もちろん、彼女には彼女なりの行動原理があって、柵を壊して外へ出たのだ。私の命令なんて聞くわけがないけれど、それでも言わなければいけない時もある。

「止まって！」

門を飛び越えたポルカは立ち止まり、石畳の上で小首をかしげてこちらをじっと見つめている。

——命令なんて聞かないし、あんたになんて捕まりっこない。

そんな風に、挑発されているような気がした。門を開けて駆け寄るとまた、ぴょんと後ろに下がって、私が近づいたのと同じ分だけ距離を取る。

「やめて！　騎竜が二頭も王都に野放しだなんて、笑い話にもならないわ！」

ポルカの失敗はマーガス様の失敗だ。逃げられてしまえば、並の騎竜では追いつけない。なんとかなだめなければ。

「ポルカ。ほら、干し肉をあげるわ」

ポケットをまさぐると、今朝ポルカにあげた干し肉の残りがあった。手でひらひらさせると、視線が肉に集中するのがわかる。

「ほら、いい子ね。おやつをあげるわ」

ポルカがゆっくりと近づいてきて、はむ、と干し肉に食いつく。緊張で嫌な汗がじっとりと流れる。失敗はできない。手綱をつかみ、ポルカを引っ張ったけれど——動かない。

「ぐっ……」

私の力では、ポルカを引っ張ることはできない。彼女が自分の意志で屋敷の方に向かって歩かないことには……。あるいは、ラクティスが合流してくれればなんとかなるかもしれないと淡い希望を抱く。

干し肉を飲み込んだポルカは首をぐいぐいと上下させ、私に乗れと指図してくる。彼女は人間が上に乗ってさえいればもっと遠い所に行ってもいいと思っているのだろう。

「無理よ」

「……」

「……無理だってば」

もちろん返事はなかった。けれど逃げ出すわけでもない。自分の要望が通りそうにないことをわかってくれたのかしら？

「ポルカ、戻りま……っ！」

——油断した瞬間に、ものすごい勢いで引っ張られた。思わずつんのめりそうになるが、お世話係の矜持にかけて、手綱は絶対に、手の皮がすりむけようとも、絶対に離さない。

「ぎゅい————っ‼」

ポルカの推進力はすさまじい。とてもその場で足を踏ん張ってこらえることはできずに、みっともない、小走りの体勢でなんとか食らいつく。

「駄目よ、ポルカ……！　待って、待って……待ってよ！」

ポルカは周りを警戒する仕草をしながらも、ぐいぐいと私を引きずったまま歩き回る。そして、時折何か言いたげに振り向く。

――付いてこれないなら、おとなしく上に乗りなさいよ。

「……私は、乗れないわ」

不満げにポルカがうなり声を上げて立ち止まり、首をかしげて、私の目を覗き込む。

――嘘をつかないで。

ポルカの瞳はそう訴えているように、見えた。

「嘘なんか、ついてない」

ポルカは一歩後ろに下がり、その弾みで、私の手から手綱が外れた。彼女を縛り付けるものは、もう何一つない。

「人間と、騎竜は違うの。私、あなたみたいに強くも、綺麗でもないし、自由でもない。何にもできない。お世話係の仕事さえできなくなったら、本当にここにいられなくなる」

そう、私はポルカにも、自分自身にも嘘をついている。本当はマーガス様のおそばにいたい。彼とまっすぐ話がしたい。でも、私はマーガス様のお心を確認するのが怖くて、騎竜の里に引きこもろうとしている。

あんたの気持ちなんて関係ないわよ、とばかりにポルカは二回、足を踏み鳴らした。

——ここで乗るか、置いて行かれるか、さっさと選んでよ。

ポルカは私にそう、二者択一を持ちかけている。

ラクティスとミューティが私を呼ぶ声が聞こえて、ポルカは駆け出す姿勢を見せた。二人に捕まる気も、そうそうないだろう。

「ま、待って……乗ったら、屋敷に戻ってくれる？」

「きゅっ」

ポルカはまるで愛らしい仔竜のように鳴いた。どのみち力ではどうにもできないのだから、彼女の意思に任せるしかない。

ゆっくりと背中にまたがり、ミューティの姿が曲がり角に見えた瞬間——ポルカは一直線に突撃し、ミューティを飛び越え、そのまま駆け出した。

「やっぱり、嘘、じゃないの——!!」

ここで振り落とされたら全てが終わってしまうと、私は必死でポルカにしがみついた。

『————!!』

『————!?』

ラクティスとミューティが、それぞれ叫ぶ声が聞こえた。けれど、異国の言葉は私には

──いや、この国の言語だとしても、聞き取れなかっただろう。

怒り(いか)か焦り(あせ)か、衝撃か──今までに聞いたことがない、感情のこもった二人の叫びはあっと言う間に遠ざかる。けれど、もう走り出してしまったものはどうしようもない。私はまだ、ポルカのお世話係なのだ。なんとか、彼女をなだめて屋敷に戻さなくては。


自分の呼吸と、心臓の音がうるさい。石畳を蹴(け)り上(あ)げ、風を切って、ポルカは走る。振り落とされていないのが奇跡(きせき)みたいな状況だ。

ポルカは迷いなく北西方向、王城への道をひた走る。その進みに迷いはない。

「ポルカ、あなたもしかして、マーガス様に会いたいの？」

マーガス様は騎士団の演習に参加中のはず。もしかして、ポルカは自分の居場所がなくなると思い、嫉妬(しっと)して、自分の存在をアピールするためにマーガス様のもとへ向かおうとしているのだろうか。

そうであってほしい。そうでなければ困る……。

「や、やっと着いた……」

これほどに速い騎竜の足ならば、王城まではそう時間はかからない。けれど、数分がまるで永遠のように長く感じられた。

王城の門に行き当たって、ポルカは足を止めた。城は深い濠に囲まれていて、跳ね橋を渡らないと中に入ることができないからだ。

ポルカは矢をつがえた兵を見るなり急旋回して、濠の淵を走って、さらに西の方角へ向かおうとしている。私は詳しくは知らないけれど——マーガス様から軍の訓練場や騎竜の厩舎は西側だと聞いたことがある。ポルカの頭の中にも地図が入っているのだろう。

「マーガス様と合流できたら、おとなしくするのよ」

摑まっているだけで手がちぎれそうだし、少し口を開くと強い風のせいであっと言う間に喉が渇く。

ポルカが立ち止まり、甲高く鳴くと、濠の向こうから軍属だろう、騎竜の鳴き声が聞こえて、数頭の騎竜と騎士が姿を現した。

「ぎゃっ！」

『ぎー、ぎゃっ！』

「ぎ————っ！」

『ぎ、ぎゅ、ぎゅ……』

ポルカが鳴くと、騎竜たちも返答する。お互いに何かを確認しあっているようだが、ポルカが納得した様子はなく「へっ」と短く息を吐き、踵を返そうとした。

「そこの騎竜！　止まりなさい。女、手を上げろ！」

騎士の一人が、慌てた様子で警告を発する。声を拡張して響かせる――拡声魔法だ。

――手を上げろと言われても。

手を離したら、私はポルカによって濁った濠の水の中に叩き落とされるだろう。それで解決するのなら喜んで飛び込むけれど、解き放たれたポルカが何をするかは、それこそ誰にもわからない。

「私は暴走した騎竜に摑まっているだけで、叛意はありません！　マーガス・フォン・ブラウニング様をお願いいたします！　この子はマーガス様の騎竜です！」

「そんなわけ……」

「いや、よく見ろ、あれは確かに閣下のポルカ号だ！」

「まさかそんな……」

拡声魔法を通して戸惑った声が聞こえてくる。いくらやんちゃとは言え、ポルカはマーガス様の相棒として選び抜かれた騎竜なのだ。その彼女がご乱心と言うのだから、すぐには信じられないのも仕方がない。

「ほら、ポルカ。お友達が沢山いるわよ。もういいわよ、ね？」

なだめるように声をかけても、彼女が納得する様子はない。とても暢気に降りて、騎士団にポルカを引き渡せるような状態ではない。

「ぎゅーっ！」

ポルカがいらいらしたように一声鳴くと、奥から栗毛(くりげ)の騎竜が一頭、進み出てきた。

――マーガス様！

「アルジェリータ！」

マーガス様の声は、拡声魔法がなくても、はっきりと聞こえた。

「アルジェリータ！　それにポルカ！　一体……」

さすがのマーガス様も、ポルカと、その上にまたがっている私を見て、驚(おどろ)きを隠(かく)せないようだった。

「ほら、ほら、ポルカ。マーガス様が来てくださったわよ」

――よかった、これで解放される。

しっかりと手綱を握りつつ、安心させるようにとんとん、とポルカの首筋を叩いてやる。

「二人で何をしている⁉」

「……ぎっ。ぎ、ぎ～～」

……ポルカは今まで聞いたことがないような、うなり声を上げた。……怒(おこ)っている？

――全身の毛が、ぶわりと逆立つ。怒っているのだ。

「アルジェリータ、そのまま動くんじゃない。今そちらへ行く。ポルカを刺激(しげき)するな……」

マーガス様が騎竜を動かした瞬間、ポルカは急旋回して走り出した。

「マ、マーガス様！」

「手綱を思いっきり、後ろに引っ張れ！」

「だめです、無理ですっ！　できません！」

ポケットから何か……多分ポケットに突っ込んでいた、書きかけの手紙が落ちた気がするけれど、構っていられない。

「アルジェリータ、芝生に向かって飛び降りろ！　今なら、そう大怪我にはならない！　妹以外の治癒師を呼ぶから、思い切って飛び降りろ‼」

マーガス様の指示はもっともだ。けれどそんなことをしたら、ポルカがどこへ行って、何をしでかすかわからない。このまま好き勝手にさせて、取り返しのつかない事態になってしまったら……！

「できません！　ごめんなさい、ごめんなさいっ！」

威嚇のために騎士から槍や弓を向けられても、ポルカはかけらも意に介す素振りがない。私という人質がいて何もできやしないと思っているのか、あるいは避ける自信があるのか。

魔術で作られた柵を軽々と飛び越え、ポルカは王城から伸びる道を、今度は城下町の外壁へとまっすぐ走っていく。

「また、騎竜が出たぞ！」

「今度は違う奴だ！」

「どうなってんだよ！」

すれ違いざまに声が聞こえた。ラルゴは王都を突っ切り、反対側に出て、このあたりを通過したばかりらしい。

ポルカは一体どこへ行こうと言うのだろうか。

彼女は時折立ち止まり、首をぐるぐると動かしながら、鼻先をヒクヒクとさせている。この仕草は仲間を見つけるために匂いを辿っているのだ。彼女の仲間は先ほどいたはず。つまり、違う誰かを捜し中ということ。

「ポルカ、あなたもしかしてラルゴを捜そうとしてくれているの？」

私は次の仮説に辿り着いた。そうじゃなければ困る。本当に困る。

ラルゴのかつての所属はわからないけれど、それなりの——いや、かなり格の高い騎士が乗っていたに違いない、と私は考えている。

もしかすると、ポルカとラルゴは戦場で同じ部隊にいたのかもしれない。

騎竜にはそれぞれの名前を認識できる知能があるし、取り違えを防ぐために名前は一頭一頭違うものが登録されている。私が知るラルゴは、ポルカにとっても『ラルゴ』に違いなかった。

「きゅっ！」

王都の外への門が見え、ポルカは速度を緩め、我が意を得たりとばかりに大股で歩き出した。すれ違いざまの暴れ竜の威嚇に、人々は成すすべもなく道をあける。

「ごめんなさい、ごめんなさい！　ポルカ、もう好きにしていいから、他の人に喧嘩を売らないで。皆、あなたがマーガス様の騎竜だってわかっているんだからね」

「きっ」

聞いていないのか、それとも無視のつもりなのか。苦言を気にする様子もなく、ポルカはぴょこぴょこと、まるで軽快なステップを踏むように、出国の順番待ちの人々を追い越して、悠々と門をくぐった。

——背中に、私を乗せたまま。

王都を出て、街道へと躍り出たポルカは、しばらく首をぐるぐる回していた。

この隙に、誰かが投網でも投げてくれないかしら。

ポルカは鞍上の私には何もできないとタカをくくっている。なんとか一矢報いたいところだけれど、落ちないようにするので精一杯——むしろ、ここまで乗れているのが奇跡だ。

ポルカが私を落とそうと思えば、簡単に振り落とすことができる。彼女は自分の意思で、私自身に選択させようとしているのだ。

——何を？

考えてもわかるはずがなかった。私の願いもむなしく、ポルカは再び駆け出した。王都から離れるにつれ、遠く、騎竜の鳴き声が聞こえてくる。

ラルゴが近くにいる。

少しだけ希望がわいてきた。上手くいけば、なんとか二頭をまとめて連れ帰ることができるかもしれない。

ポルカの走りに身を任せていると、やがて、荒野に佇む黒い影が見えてきた。

「あれって……」

まさかと言うべきか、あるいは当然なのか。

「ラルゴ！」

一声叫ぶと、鋭い雄の騎竜の鳴き声がした。

「ラルゴ……あなた、こんな所にいたのね」

確かに間違いなく、ラルゴがそこにいた。けれど、彼は騎竜の里にいた時のような姿ではなかった。足を痛めていて歩くのがやっとだったはずなのに、今はまるで現役の、騎士を乗せて戦場を勇猛果敢に邁進する騎竜のように見える。

「ず、随分元気そうね……？」

ポルカは徐々に速度を落とし、ラルゴの前で歩みを止めた。ラルゴが軽く威嚇の様子を見せたからだ。相当気が立っているらしい。よく観察してみると、彼は何かを隠すようにしてこちらに立ちはだかっている。

革のかたまり——いいや、違う。ぼろぼろに破けた革のマントを着た人間が、頭を抱えてうずくまっている。歳の頃はおろか、性別すらわからない。

「ラルゴ、まさか、人を……」

不用意に近づいた旅人をラルゴが害してしまったのではないかと、最悪の展開が頭をよぎったが、体がかすかに上下していて、幸いなことに息はあるみたいだった。

「……ねぇ、ちょっと降りてもいいかしら」

まずは状況を確認、怪我をしていたら治癒。治せなかったら平謝りをするしかない。

ポルカは好きなだけ走って満足したのか、仲間を見つけて落ち着いたのか。打って変わって親切に足を曲げて、降りやすいように気遣いをしてくれた。

手綱をしっかりと握りながら、ラルゴと、うずくまっている人に向かってゆっくりと歩みを進める。脅かすような、急な動きは禁物だ。

「ラルゴ。私よ、アルジェリータよ。覚えている？　心配で、あなたを捜しに来たの。これはポルカよ。可愛い女の子だから、脅かさないでね」

目を逸らしてはいけない。彼は私のことを覚えているはずだ……。

「……ぎー……」

ラルゴが小さく首だけを動かして、私を呼んだ。敵意はないけれど、私よりも後ろの人の方が彼にとっては重要な人物のようだ。

さらに近づこうとすると、ポルカがゆっくりと前に歩み出た。これは騎竜が仔竜を守る時の行動だ――一応、私は彼女に守るべき存在だと認識されていたらしい。

「そこの方、大丈夫ですか。騎竜に、何かされましたか」

「……いいえ。大丈夫、です。彼は……僕を、心配して、そばに……」

声に焦りが生まれないように意識しながら行き倒れさんに声をかけると、かぼそいけれど返事があった。どうやら若い男性のようだ。ひとまずきちんと意思疎通ができる状態であることにほっとする。

「では、どうして……」

ラルゴが危害を加えたわけではない。まずは一つ目の不安は消えた。そして、次の疑問がわいてくる。

男性は体一つで、周りには荷物も、同行者もいない。外壁の外は危険だ。獣や野盗が出る。こんな街道から離れた荒野なんて、それこそ騎竜に乗っていない限りは突っ切ることができないだろう。

「すまない、頭が……割れるように……痛くて。どうやってここに辿り着いたのかも……」

顔を上げた男性はひどくやつれ、顔色は真っ青だった。元は立派な金髪の青年だっただろうに、ぼさぼさに伸びきった髪と髭が旅の過酷さを物語っている。

「頭痛……少し、待ってください。すぐ楽にします」

せっかく目覚めた力を今使わずにいつ使うのか。跪き、そっと男性の額に手を当てた。

「これは……？」

男性は顔をしかめて、おそるおそる私を見上げた。

「痛み止めぐらいにしかなりませんが……大丈夫ですよ。落ち着いたら、お医者様に診ていただきましょう。ご自宅は王都ですか」

「……実は……僕には、記憶がないのです」

「まぁ……そんな」

「思い出そうとすると頭が痛くなって……」

青年——行き倒れさんの言うところによると、彼は半年ほど前に、見知らぬ農村で目を覚ました。口調や外見から、おそらく周辺地域の人間ではなく、戦争で大怪我を負って倒れた軍人で、一年以上眠っていたのだと、介抱してくれた村人に教えられたのだそうだ。

すでに軍は引き払った後で——そもそも彼がどちら側の人間なのか、追い剝ぎに遭ったようで身分を証明するようなものは何も持っていなかったのだと言う。

「王都に来れば身元の手がかりがあるかと……でも、途中で山賊に襲われて……もう駄目だ、僕はここで死ぬんだ……と思ったら、遠くから、騎竜の声が聞こえて……それで、呼んだんです。僕はここだ、と」

「それでラルゴはあなたのそばに？」

ラルゴは私たちのそばから一歩も動かずに、けれど目線は遠くを見て、辺りを警戒中──まるで、この人を守ろうとしているみたいに。

「ねぇ、ラルゴ。あなた……この人のことを、知っているの？」

だって、彼はずっと諦めなかった主人を捜すのをやめてまで、この見知らぬ青年に寄り添っている。

「……もしかして、あなたはラルゴの飼い主さんなのでは？」

そう尋ねると、行き倒れさんは力なく首を振った。

「わかりません。でも、何か……この騎竜は……とても懐かしい気がする」

彼が手を伸ばすと、ラルゴはおとなしく頭を下げて撫でさせた。その手つきは騎竜に触り慣れている人のものだったし、ラルゴは人懐こい方ではない。ラルゴの主人かどうかはともかく、戦場で関わりのあった人間に間違いないだろう。

「きっと、そうですよ」

騎竜に乗る職業は限られている。マーガス様の伝手を辿れば、何かが見えてくるはず。

「私、知り合いに騎士団の方がいるんです。調べてもらいましょう。そうすればきっと、あなたのこともわかるはずです」

たまらず男性の手を取って引き上げると、まだ頭が痛むのか、顔をしかめた。

「待ってください。お願いします、先ほどの治癒魔法を……もう少し……使っていただけないでしょうか？　何か……思い出せるような、そんな感覚があるんです」

どのみち、私一人で騎竜二頭と病人を連れて王都に戻るのは現実的ではない。彼には回復してもらわなくては。

「ええ、わかりました。もう少し様子を見てみましょう……」

不思議な話だ。つい数時間前までうじうじとしていたのに——やることが決まっていると、こんなにも気分がすっきりとして、晴れ晴れとした気持ちになる。

「アルジェリータ！」

かがみ込んで再び治療をしようと魔力を込めていると、マーガス様の声が遠くから聞こえてきた。私を——ポルカを追ってきたのだろう、先ほどの見慣れない栗毛の騎竜ともども、息を切らしている。

「マーガス様……」

「アルジェリータ、その男は一体？」

マーガス様に険しい顔で問われても、私はこの人が誰だか知らない——何しろ相手もわかっていないのだから、答えようがない。

「ええとですね、私たち、これから……」

「その男と出奔するつもりなのか？」

「え、しゅ、出奔……？」

マーガス様の手にはくしゃくしゃになった封筒が握られている。見覚えがあるものだ……私が書いたお別れの手紙だろう。やはり、先ほど落としたものをマーガス様に拾われてしまったらしい。

「その男が恋人なのか？」

「いえ、この人は私の恋人ではなくて……行き倒れていた人です。さっき出会ったばかりの、他人です……」

と、言うだけで精一杯だった。なぜマーガス様がそのような発想に至ったのかは不明だ。もしかしなくても、頼る人はいます、と見栄を張ったからだろうか？

「出会ったばかりの、騎竜乗りと、駆け落ちを……そんなにも、俺のことが嫌になってしまったのか……」

「いえ、いいえ。そういうことではなく」

何から説明すればいいのか？　マーガス様はラルゴのことを話しか知らない。もしかすると脱走騒ぎすら耳に入っていないかもしれない。狼狽する私をよそに、三頭の騎竜は鼻を合わせて意気投合している。……彼らが人間の言葉を喋れたら楽なのに。

「アルジェリータ……助けて……」

間の悪いことに、弱りはてた行き倒れさんはマーガス様を見る余裕がないのか、はたまたどうでもいいのか、今知ったばかりの私の名前を呼びながら縋りついてくる。平常時なら『やめてください』と言えるのだけれど、彼に状況を悪くしてやろうなんて思う余裕があるはずもなく、ただ溺れているところに藁の代わりに私が来た、というだけの話だから、冷たくするのも気が引ける。弱っているし。

「いえ、ちょっと、ちょっと待って。大丈夫だから。この方は私の……」

私の、何だろう。雇い主？　身元引受人？　それとも……。

「アルジェリータ、僕を置いて行かないで！」

何と言っていいものかまごまごとしている間にも、救いの手を離すものかと、行き倒れさんはしっかかと腕を掴んでくる。

「きゃあ、袖、袖を引っ張らないでください！」

「貴様、アルジェリータから離れろ！　彼女は俺の……！」

――もう、何が何だか。人間は私しかいなくて、全員騎竜だと思った方がしっくり来るかもしれない。

「わ……私の、話を、聞いてください!!　皆、静かにしてっ！」

マーガス様が私に駆け寄った瞬間、自分でもびっくりするほどの大声が出て、荒野にどこまでも響き渡っていくように感じられた。

「……」

「……」

「……」

騎竜も含め、この場にいる全員が黙(だま)って、私のことを見つめている。恥(は)ずかしい。けれど、皆は落ち着いてくれたようだ。すうっと深呼吸をして、マーガス様を見る。

「マーガス様、この人は行き倒れの、赤の他人です。まずは救助を」

「ああ……」

マーガス様の背後に、追ってきた部下の方々だろうか、騎士団の旗が見えた。

「この方を診てあげてください。記憶喪失(きおくそうしつ)らしいですが、戦場ではぐれた騎士ではないかと思います。あそこにいるのは、脱走した騎竜のラルゴです。私が里にいた頃の知り合いです。脱走したポルカに乗っているうちに、偶然(ぐうぜん)合流しました。お互い、知り合いかもしれません」

「……そ、そうか」

できる限り簡潔に内容をまとめると、マーガス様はごほんと咳払(せきばら)いをした。どうやら落ち着いてくださったようだ。

「部下が来たようだ。彼の身柄(みがら)はしかるべき場所へ安全に送り届けよう」

「ほら、よかったわね」

ぽん、と縋りついている青年の背中を叩いたが、彼は無言のまま離れてくれなかった。

乗りかかった船だ、仕方がない、と魔力を込め続ける。

「俺が付き添おう。アルジェリータは竜たちを見てやってくれ」

「はい。わかりました」

「ほら、離れろ。水でも飲め。気付け用の酒もあるぞ」

マーガス様は私から行き倒れさんを引きはがしにかかった。

「……騎士団の気付け用の酒は不味(まず)いから嫌だ……。リューシャン産の濃(こ)い紅茶と混ぜないと飲めたものじゃない……」

「不味いのを知っているってことは、どうやら本当に騎士らしいな」

マーガス様は行き倒れさんの顔を覗き込んで、硬直した。

「お前は……」

マーガス様の切れ長の瞳が、驚きに見開かれている。

「お知り合いですか？」

なら、話が早くて非常に助かる。ラルゴの方から調べなくてもすぐに身元が判明するだろう。

「——ダグラス・フォンテン！」

マーガス様の口から飛び出た名は知らない——けれど聞き覚えのある名前だ。

「ダグラス・フォンテン公爵令息！　よく無事で……！」

この行き倒れさんが、例の？

まったく関わりがないけれど、私の人生に多大な影響を及ぼした人物。その彼が、こんなところで行き倒れ？　でも、死んだと思われていたけれど、そうではないとラルゴだけが知っていたのなら。だからずっと、ラルゴは主人を捜そうとしていたのかもしれない。

「う……お、お前は……？　僕を知っているのか……？」

「マーガスだ。……よし、よし、体は大丈夫だな。目が二つ、指もきちんとついている。フォンテン公爵もお喜びになる！」

ここにきて、かつてないほどに明るいマーガス様を見て、私も嬉しいような、置いてけぼりにされたような。

「そうだ……マーガス・フォン・ブラウニング……僕は……家に、帰れるのか……」

「ああ、そうだ。よかった、本当に。そら、迎えが来たぞ」

フォンテン公爵令息はマーガス様の部下にも広く顔を知られていたらしく、すぐに歓声が沸き起こった。このまま、ラルゴとポルカが脱走して市街地を混乱に陥れたことは不問にしてほしいし、不審な私のことも忘れてほしい。

「ささ、閣下、こちらに。救護用の担架にお乗りください。ただいま、御父上にも伝令を飛ばしました。すぐお会いになれますよ」

フォンテン公爵令息は急に閣下と呼ばれて戸惑っているようだけれども、段々と顔つきがしっかりしてきたように見える。

「あ、アルジェリータ……さん」

担架に乗せられて、彼は私の名前を呼んだ。

「はい」

「ありがとう……。この恩は、いつか必ず」

「お気になさらず。ただの通りすがりですから」

「……ぎっ」

そのままフォンテン公爵令息についていこうとしたラルゴは、最後に名残惜しそうに頰を寄せてきた。

「ずっと捜していたものね、よかった……」

「ぎーっ……」

ラルゴは私の袖をくい、と引っ張った。一緒に行こう——ということだろうか？

「ありがとう。検討しておくわ。……でも、今はひとまず、さようなら」

別れを告げると、ラルゴはしっかりとした足取りで、捜索隊の後ろをついて行った。

……さらにその後ろに、マーガス様が乗ってきた雌の騎竜がぽーっとした様子で続く。

ラルゴは確かにとても雄々しい竜なのだけれど、すぐにかっこいい雄になびいてしまうなんて、マーガス様が騎乗する騎竜としての適性はいかがなものなのかしら。

ちょっとだけ呆れている間に、私とマーガス様、そしてポルカは取り残されてしまった。

人間二人に対して騎竜が一頭。徒歩か、二人乗りをして帰ることになるのだけれど。

「……」

「……」

……気まずい。

何しろ、マーガス様は私の退職願を持っているのだ。なし崩しになってしまったけれど、出て行こうとしたのは本当だ。決心が揺らがないよう、極力お顔を見ないつもりだったのに……。荷物も何もない着の身着のままでは、さすがに「では、お世話になりました」と言うわけにはいかない。

「ひとまず、めでたい。この吉報で、王都での騎竜脱走騒ぎはかき消されるだろう」

「よかったです」

「……彼が君の想い人ではなく、行きずりの相手でもないことはわかった。しかし、この手紙は、どうしてだ。理由を聞かせてくれ」

マーガス様は、私に向かって強く握ったままの手紙を差し出してきた。

「お手紙の通りです。職を辞させていただきたく……」

「なぜだ」

「……理由は、マーガス様が、一番わかっていらっしゃるのではないでしょうか」

「セレーネ王女が君に何か言ったのか」

「……そ、それとこれとはまた別に……」

剣呑な雰囲気に、ポルカが私の前に一歩進み出た。毛を少し膨らませて、威嚇の姿勢を取っている。言い方は悪いけれど、マーガス様から私を守ろうとしてくれているのだろう。

「ポルカ、お前、アルジェリータを……」

「ぎっ」

ポルカはもう一歩進んで、長い尻尾で、マーガス様をべし、とひっぱたいた。

大した痛みはないだろう。けれど、マーガス様はかつてないほどに盛大なショックを受けたように見えた。

「お、お前……」

ポルカはふん、と鼻を鳴らすと、私のそばに戻ってきて親しげに頬をすり寄せてきた。

気難しいポルカの胸の内を全て知ることはできないけれど……。

――あんたは、どーすんの？

ポルカの瞳は私にそう問いかけているように見えた。

どうせ、家を出ようとしたことは知られてしまっている。それならば、いっそ、言いたいことは全て口にしてしまった方がいいのかもしれない。

「ポルカのお世話は楽しいです。仕事は辞めたくありません」

「なら、このまま一緒に……」

帰ろう、と言われると決心が揺らいでしまう。マーガス様の言葉を聞く前に、自分の気持ちを伝えなければ、前に進むことができない。

「でも、私は……マーガス様と一緒にいることに、疲(つか)れましたっ！」

「つ、疲れ……!?!?」

マーガス様は傍目(はため)から見てもわかるほどに動揺(どうよう)し、よろめいた。彼を傷つけるようなことを言いたいのではない、と続けて喉から出かかった言葉が途切(とぎ)れた。

「疲れ、る……一緒にいると……」

だんだんとマーガス様の顔色が悪くなり始めた。

「も……申し訳ありません」

「いや、いい」

マーガス様はなんとか体勢を立て直し、私をまっすぐ見つめ、手を取った。

「言ってくれ。いや、言ってほしい。お願いだ。君の話を聞きたいんだ——どんな言葉でもいい、何も言えないまま離れてしまうより何百倍もマシだ」

普段は硬質な輝きを放っている瞳にはわずかな不安が揺らめいていて、私を捕まえている骨張った手は、びっくりするほどに冷たい。思わず、両手で覆って温めて差し上げたくなってしまうのをぐっとこらえて、言葉を続ける。

「私は……あのまま騎竜の里にいたとしても、幸せだったと思います」

「そう、か……」

「必要とされて、やりがいがあって。……傷つけられることもなくて。だから、ずっとこのままでも構わない、そう思っていました、マーガス様に呼ばれるまでは……」

喋りながら、だんだん胸が苦しくて、息ができなくなってきた。

「十分だと思っていたのに、屋敷での生活は楽しくて……このまま、本当に妻として迎えてもらって……幸せに暮らせるのかもと。でもセレーネ王女からお前は愛人でしかないのだと告げられて、浮かれていた自分がバカみたいだ、って」

「アルジェリータ……」

——ああ、私は、傷ついているんだ、だから苦しい。泣けば話ができないとわかっているのに、涙がぼろぼろとこぼれる。

「ぎゃっ、ぎゃっ！」

うまく喋ることができないのに、ポルカがもっと言え！　と煽るように鳴く。

「私は当てつけで、ペットみたいに飼われているだけなんだ、と言われたのが悔しくて、

でも否定はできなくて」

「セレーネ王女が、俺と婚約していて、君は愛人だと罵ったのか？」

「は、はい。些細な言い争いで、マーガス様が気分を害されて……だから、私は喧嘩のスパイスだと……それに、私がこのままおそばにいると、マーガス様に醜聞が……だから、もう、あの屋敷にはいられないと……」

言葉に詰まると、マーガス様が、ぎゅっと私を抱きしめた。胸が苦しい。苦しいのに、ほっとしてしまう。

「それは嘘だ」

「え……」

顔を上げると、マーガス様の冬色の瞳がすぐ近くにあった。抱きしめられたまま、こんなにも近くで見つめ合っているのに、今はそれがとても自然で、当然のことのように思える。

「王女と婚約していたのは本当だ。しかし、それは過去の話で、正式に婚約破棄の手続きは済んでいる」

信じていたことが目まぐるしく変わって、何が事実なのかわからなくなる。けれど、胸に広がる安堵が、私の本心だろう。

「そ、それじゃ」

「正式に認められた書類もある。あの夜、君を陛下に紹介するつもりだったんだ。守れなかったこと、不安にさせたことは申し訳ない。けれど、俺の気持ちは君にある」

「し、信じたい、です……でも、私、ふさわしくないし、選ぶ理由がない、って」

「……選ぶ理由？　君が好きだから、それだけだ」

好きだと告げられて、ぎゅっと胸が苦しくなった。苦しいのに、心の中でずっと蓋をしていたはずの感情が溢れてきて、もっと言え！　と私をせきたてる。

「聞かせてください。それじゃ……わかりません」

「最初は君が、俺の心を救ってくれたから……ウェルフィンの、恩返しがしたかった。不遇な環境に身を置いて、不当に搾取されている君を救ってやりたい、そんな傲慢な気持ちを持って、君を見ていた」

「ウェルフィン、の……？」

「ああ……」

マーガス様はそれ以上を語らずに、私の頬を撫で、涙を拭った。彼の瞳を見て、最初の頃に感じた懐かしさの正体がやっとわかった。マーガス様とウェルフィンのまなざしは、とてもよく似ている。それはきっと二人が、ずっと一緒に過ごしていたから。私と彼をつなぐもの――それは、今はもういないウェルフィンだったのだ。

戦争に行っていたのに、私を知っていたマーガス様。点と点がつながって、マーガス様はどこかで私が頑張っているのを見ていてくださって、そして私を必要としてくれたのだ、と今はっきり理解ができた。

「君の気持ちが最優先、望む人生を送らせてあげたい。そんな言い訳をして、自分の気持ちを伝えることをおろそかにしていた。けれど、そんな中途半端な態度が、君を迷わせ、傷つけてしまった。こんなバカな俺の方がふさわしくない」

「そんなことありません。マーガス様は、何でもできて、全てを持っていて……そんなマーガス様が私のせいで評判を落とすぐらいなら、消えてしまおうと、思ったのに……今も、失礼なことを言って、困らせてばかりで……私、邪魔にしかならないのに……」

しゃくりあげる私の背中を、マーガス様が優しく撫でた。

「疲れたのは、それが理由か？」

「は……はい」

「最初っから、俺には落ちて困るような評判なんてない。君は俺を買いかぶりすぎだ。何をすれば君が喜ぶのかわからなくて、俺の方が困らせてばかりだ。……何一つわかっていない。アルジェリータ、君が本当に俺の妻になってもいいと思ってくれていたことも」

「そ、それはですね……！　願望込みの勢いといいますか」

少しだけ気持ちが落ち着いてくると、なんだかとんでもない発言ばかりをしてしまった気がする。急に恥ずかしくなって離れようとするけれど、マーガス様は私をがっちり捕まえていて、逃げられそうもない。

「行かないでほしい。そばにいてくれ」

「は、はい。わかりました」

真面目な顔で言われると、私としてはどんなに恥ずかしくても、了承せざるを得ない。

「身分や魔力の有無なんて関係ない。騎竜の世話係でもない。俺には他の誰でもない、アルジェリータが必要だ。君にふさわしい男になるためにもう一度、チャンスをくれ」

――ああ、ずっと、私はこの言葉が、聞きたかったのだ。

マーガス様の言葉が、すとんと心の中に収まった。

「……はい。もう一度、よろしくお願いします」

「ありがとう。……俺との結婚を、納得して受けてもらえるように、最大限努力しよう」

六章✦謎解き、そして決別

ポルカの脱走騒動から二週間が過ぎて、王都は明るい話題で満ちている。

騎竜の暴走騒ぎが、人と竜の美しい絆の物語にすり替わったからだ。行き倒れていた青年はラルゴの主人であり、マーガス様の戦友であり、そして莫大な財産の相続人であるフォンテン公爵令息その人だったのだ。

彼が行方不明になって、マーガス様はラクティスとミューティを雇って捜索隊を組織し、けれど発見できず、主人のいなくなったラルゴは騎竜の里へ送られ、デリックに養子縁組の話が転がり込んできて、それに目をつけたルシュカがデリックを略奪して、そして私がマーガス様のところへ……。

まったくの他人ではあるけれど、随分と私の人生に影響を及ぼした人なのだ。図らずも恩返しができてよかったし、公爵位を継ぐのがデリックとルシュカでないというだけでも、国のためにはなるだろう。そう思うと、マーガス様のお気持ちがわかったことも相まって、非常にすがすがしい気分だ。

——この記事が、なければ、だけれど。

「王国議会は此度、アルジェリータ・クラレンス伯爵令嬢に対し、勲章および国家治癒師の称号を与えると満場一致で可決した。アルジェリータ嬢は治癒の魔力を持つことで有名なクラレンス伯爵家の出身で――」

ラクティスが高らかに読み上げているのは、市井で莫大な支持を得ている情報誌――つまるところゴシップ誌だ。二週間の間、王都はこの話題でもちきりで、同姓同名の他人だとしか思えないほどに褒めちぎられているのは他の誰でもない、私なのだ。

ありがたいことに周辺住民の方は口が堅く、私がこの屋敷にいることは知られていない。けれど、そのせいもあってか、市街地では勝手に装飾された噂が一人歩き中だ。

「名誉の戦死を遂げたと思われていたフォンテン公爵令息は崖から転落後、周辺の農民に助けられ、半年前に長い昏睡状態から目覚めた。しかし彼はその時、自分が何者なのかを忘却していたのだった……。その後、失われた記憶と故郷を求めて荒野を彷徨っていたフォンテン公爵令息は、かつての相棒であった騎竜、ラルゴ号によって発見された。その素晴らしい奇跡的な出来事に欠かせない人物がいる。先述のアルジェリータ・クラレンス伯爵令嬢である」

「もういい」

冊子を手に内容を高らかに読み上げていたラクティスを、マーガス様が手で制した。紅茶のカップを手に、苦虫を噛み潰したような顔をしているのを横目で確認する。

「ここまでは純然たる事実ですから」

マーガス様の顔は、ますます苦虫を噛み潰したようになった。ラクティスは歌うように音読を続ける。何しろゴシップ誌は売れに売れていて、一冊しか手に入らなかったのだ。

「内向的な令嬢は、婚約破棄をきっかけに神に帰依することを考えるようになった。両親は引き留めたが、アルジェリータ嬢の意志は固く、かねてより思案していた騎竜の保護施設に身を寄せ、自らの持つ癒やしの力を騎竜たちに分け与えた。その中の一頭が今回健気にも主人の帰還を待ち続け、そして遂には自ら見つけ出したラルゴ号である。騎竜の里で静かに暮らしていた一人と一頭はある日導かれるように荒野に向かった。足の腱を断裂し、もう人を乗せることはできないと診断されていたラルゴ号は、アルジェリータ嬢の献身的な治療により快癒していたのだ。二人は荒野を駆け、そして彷徨うダグラス・フォンテン公爵令息を発見した……」

「アルジェリータ奥様はそういう経歴だったんですか？」

ミューティが温めたパンにバターを塗りながら私を見た。そう言えば、彼女に昔の話をしたことはなかった。

「いいえ」

ゴシップ誌には嘘が多分に含まれている。取材されていないのだから、当たり前だけれど。褒められてはいるし、読んだ人にいちいち訂正して回ることは不可能だから、もう半分諦めているけれど。

「アルジェリータ嬢は荒野に倒れ伏した公爵令息を発見し、献身的に介護した。彼は七日七晩生死の境を彷徨い、やがて目を覚ました。朝日とともに目覚めたダグラスの瞳に映ったのは伝説の聖女と見まがうばかりに神々しく、そしてどこまでも慈悲深い微笑みを湛えた深窓の令嬢……公爵令息は一目で恋に落ち、アルジェリータ嬢の手を取ってこう言った。『僕はあなたに会うために戻ってきたのです』と。公爵令息と心優しき伯爵令嬢のラブロマンスはこうして生まれ……」

「やめんか！　……嘘ばかりつらつらと書き連ねて、恥ずかしくないのか、この記者は」

「それが仕事なのだから、仕方がないでしょう？」

マーガス様とラクティスの口論がまるで聞こえていないかのように、ミューティはバターを塗ったパンの上に無花果のジャムを乗せた。この組み合わせはとてもおいしいのだ、ひどく贅沢なことを気にしなければ。

「……もしくは、信頼できる情報筋のはずの誰かが、とんでもない嘘つきなのかも？」

ラクティスはにやにやしながら私を見た。多分、勉強と称して買い込んでいた推理小説の読みすぎだと思う。

「私があの場にいたのは完全に偶然なのよ。そんな話を作って、得をする人なんて……」

確かにラルゴを捜しに行こうとはした。けれど彼に辿り着いたのはポルカの暴走あってこそで、私が運命に導かれたわけではないし、フォンテン公爵令息を騎士団に託した後は、一度も彼の姿を見ていない。記憶が戻ったらしいと、マーガス様づてに聞いただけだ。落ち着いたらお見舞いにとは思っているけれど、このような状況なのでおちおち外出もできない。

「思い当たるだけでも何人もいるな」

マーガス様はため息をついて、ミューティが差し出したパンにかじりついた。マーガス様はお顔に似合わず甘党なのだ。

「美しい話ですよ。なぁ、妹よ」

「ええ。それにいいことをした人が褒められるのは、問題ないと思いますけれど」

何がお気に召さないんでしょうねぇ、と兄妹は顔を見合わせてくすくすと笑った。

「お前たちの戯れ言をそれ以上聞きたくない」

「別にいいじゃないですか。嘘つきが誰であれ、そのおかげで、マーガス・フォン・ブラウニングともあろうものがポルカと奥様にまとめて逃げられて、泡を食って半泣きで追いかけて縋った話が表に出なくて……」

「ふん。家の騎竜が逃げ出したのにも気が付かず、おめおめと逃げられた後、周辺を右往左往するだけで役に立たなかった兄妹がいるみたいだが、その話も出なくてよかったな」

故郷の長老が憤慨するだろうさ、とマーガス様は皮肉を言ってから、パンを全部食べた。

「戸締りをするのに忙しくて……」

「馬が怯えていたので……」

兄妹の言い訳を、マーガス様は一笑に付して、立ち上がる。

「とにかく、そのくだらない話で盛り上がれるのも今日までだ。明日はもっと、面白い話題を提供してやる」

マーガス様の不敵な言動に、ラクティスは囃し立てるように口笛を吹いた。

なんと、明日は私が表彰される日なのだ。と言っても、私のために式典が開かれるわけではない。半年に一度、国内の功労者を集め、国王陛下が直々に勲章を授けてくださり、同時に国家資格の授与なども行われる日があるのだ。

「一般人も見学できたらいいのに。後で俺たちにもどんなだったか教えてくださいね」

「ええ、頑張るわ！」

ぐっと拳を握る。私にとって、一世一代の晴れ舞台……かもしれないのだ。

「もう頑張った結果、表彰されるのですよね？　……というか、無欲な人だなーと思ってましたが、勲章と資格は欲しいんですか？」

心底意外そうに、ミューティが言った。

「それはもちろんよ！」

突然渡されたものは怖いが、理由があれば私だって素直に受け取る気持ちになるのだと力説するけれど、彼女はなんとなく納得がいってなさそうだった。

「でも、明日出席すると、ご実家と顔を合わせることになりますけれど。いいんですか」

ラクティスは懐からクラレンス家の家紋がついた手紙を取り出して、蝶々みたいにひらひらとさせた。

「仕方ないわ」

「この手紙、中に何が書いてあるか当ててみましょうか」

――わざわざ開封しなくても、内容は全員に見当がついている。私がこの屋敷にいることを知る人間は少ない。クラレンス家が私を連れ戻して、今度はフォンテン公爵家に恩の押し売りで嫁がせよう、と思ってもまったくおかしくない。

――フォンテン公爵家の跡取り問題が解決したとなれば、デリックの養子縁組の話は完全に消えてなくなるのだし。そう考えると、嘘の話を吹聴しているのは両親かもしれない。

ブラウニング邸には取材は来ていない。マーガス様がゴシップ誌に「自分のことを記事にするな」と圧力をかけたわけでもないのに、存在が綺麗さっぱりなくなっている。

騎士団に忖度したのか、それとも私とフォンテン公爵令息をくっつけたいと思っていて、マーガス様がそこに介入するのをよく思わない人がいる……？

「その必要はないわ。燃やしましょう」

私の返答に、マーガス様はしっかりと、満足げに頷いた。

「どうするんです？」

「どうって、何を……？」

髪を整えながら、ミューティが鏡越しにニヤつきながら話しかけてくる。こういう時、兄と妹の性格が似ていると思う。

「もし、フォンテン公爵令息が求婚してきたら、ですよ。年の頃も近いですし、向こうは本当に婚約者もいないだろうし、騎竜が大好きなのも、公爵なのも一緒」

私たちが完全なる妄想だと一笑に付しているゴシップが本当になったらどうする、とミューティは問いかける。

「もし私があちらを選んだら、ミューティ、侍女として私についてきてくれる？」

「え、え、えええ!?　マジですか？　旦那様はバカ兄貴と同レベルの朴念仁ですけど、いいところもありますよっ」

ミューティはびっくりして、手にした髪飾りを落としてしまった。私だって、彼女をからかおうと思えばできるのだ。

「ふふふ。冗談よ。マーガス様はフォンテン公爵令息とお知り合いだからね。そんな話にならないのは確認済みよ」

「びっくりしたー。……なんだか、奥様は脱走騒ぎの後、随分変わりましたね」

「そうかもね。色々あったからかしら？」

「……前より魅力的です、とお伝えしたいのはやまやまなのですが。からかいがいがなくなったとも言えます」

「ありがとう。最高の褒め言葉よ」

小鳥が窓際に寄ってきて、パン屑をねだった。すっかり飛べるようになったのに、私のことを親だと思っているのか、ずっとこの屋敷の庭をうろちょろとしている。

「巣箱を作ってあげるわね。あなたも、このお家の住人だものね」

声をかけると、青い小鳥はピィと鳴いて、窓から飛び立った。庭で、ポルカが小鳥を追いかけて駆け回る足音が聞こえる。

「行こう、アルジェリータ」

「はい。マーガス様」

私はマーガス様の手を取る。——もう、迷いはない。あとはマーガス様が決着をつけるのを、見守るだけだ。

「あら、アルジェリータ。お久しぶりね」

にこやかに駆け寄り、無邪気に私の手を取ったのは他の誰でもないセレーネ王女だ。王女は私のそばにマーガス様がいないことと、私の首に「公女の瞳」が輝いていないのを確認して、満足げに微笑んだ。ミューティはあえて公女の瞳を身に着けてアピールしよう、と提案してきたけれど、それを断っておいて正解だった。

「今回のこと、ご苦労様でした。本当に嬉しいわ」

セレーネ王女は、まるで諍いなんてなかったかのように私の手を親しげに握る。

「ありがとうございます」

「わたくし、フォンテン公爵とお話をしたの。あなたのことを舞踏会で見かけたそうで、とてもお気に召してらしたわ」

セレーネ王女の表情はより一層にこやかになった。自分の手を汚さずとも、勝手に自分とマーガス様の間にいたお邪魔虫がいなくなったのだ。嬉しいこと、この上ないだろう。まさかとは思うけれど、嬉々として嘘のロマンスを流しているのは王女なのかもしれない。

「フォンテン公爵令息とはもうお会いになったの？」

はしゃいだような声が一際大きくなった。周りの人にも聞いてほしいのだろうと、ますます疑念が深まる。

「いえ」

「あら、献身的に看病していたのでは？」

「いえ、フォンテン公爵家の方とは一度も。私がお世話をしたのは、騎竜だけですよ」

騎竜、の言葉を聞いて、セレーネ王女が片眉を上げたのがわかった。──彼女はどうやら、騎竜がお嫌いのようだ。

「それでは、準備がありますので、失礼いたします」

丁寧にお辞儀して、セレーネ王女からなんとか離れることに成功した。

「あ、アルジェリータ……」

忙しいというのに、次に声をかけてきたのは、意外にもデリックだ。

ゴシップ誌では面白おかしく、私が妹に婚約者を略奪されて、悲しみにくれて出家同然に騎竜の里へ働きに出たと書かれている。つまりデリックは世間の人から見れば、落ち度のない婚約者を捨てたひどい男、だ。さぞかし周りの視線が痛いだろう。それを「順番が逆なんです」と訂正してあげる義理はない。

「何でしょうか？　もうすぐ表彰式なので、手短にお願いします」

わざと冷たい口調で返事をすると、デリックはまごついたが、なんとか口を開いた。

「僕たち、もう一度やり直せないかな。離れてみてわかったんだ、君がどれほど優しくて素晴らしい人間か……アルジェリータ、君は僕になんの財産もない頃から親切にしてくれた。今度は僕も、その親切に応えるように努力するよ。だから……」

あいにく、私は全ての人に優しくできるほど人間ができていない。黙って言葉の暴力を受けていたように見えるかもしれないけれど、私にだって人の好き嫌いも、殴られたら殴り返したい気持ちだってある。

「私も、離れてみてわかったわ」

「あ、アルジェリータ……！」

にっこりと微笑むと、デリックはほっとしたようだ。──騎竜の里で働いていた頃の私とは状況も心も、身なりさえも何もかも違うのに。結局彼は今でも、私を見ていないのだ。

「デリック、あなたがどれだけ情けない男なのかってことがね」

私がそんなにも強い言葉を使うと思っていなかったのか、デリックは硬直したまま動かなくなった。顔色だけが、どんどんと悪くなっていく。

「さよなら。結婚式には呼んでね。参列させていただくわ」

……おそらく、公爵家の財産を相続できなくなったデリックをルシュカは捨てると思うけれど。それはもう、私にはなんの関係もないことだ。

「大丈夫か」

一旦バルコニーに出て深呼吸しながら気持ちを落ち着かせていると、少し離れた場所で様子を窺っていたらしいマーガス様が、私に寄り添ってくれる。

「ええ。ぴしりと言うのって、すっきりしますね」

一緒にいればマーガス様がデリックに何か言ってくださっただろうけれど、自分の言葉で最後通告を突きつけることができたのはよかったと思う。

笑いかけると、マーガス様も軽く微笑み返してくれた。

「今日の君は、いつにも増して輝いている」

「化粧のせいだと思います。強く見えるようにして、とお願いしたので」

マーガス様に褒めてもらうのは、まだ少しだけ、慣れない。

「では、もう少しだけ装備を増やしてもいいだろうか」

冗談めいた言葉とともにマーガス様が取り出したのは「公女の瞳」だ。

「派手すぎではないでしょうか」

「そんなことはない。晴れ舞台だ」

マーガス様の手が後ろに回り、首飾りの留め具がぱちん、と留まる音がした。

「『公女の瞳』は借りものではなく、今日から君のものだ」

「ありがとうございます。大事にします」

まだ、この宝石は私には大仰すぎると自分でも思う。けれどいつか、ふさわしい人間になりたいと、強く思う。今日がその一歩だ。

マーガス様に見送られながら表彰者の列に静かに加わり、名前が呼ばれるのを待った。

「アルジェリータ・クラレンス」

式典は滞りなく進み、一番最後に私の名前が厳かに呼ばれた。

「……はい」

人命救助の功が称えられると同時に、私に治癒師としての能力があるとこれからは国が証明してくれる。魔力のあるなしで人の価値は決まらないとわかっているけれど、一つの区切りだ。もう下を向いて俯いて暮らさなくてもよいし、少しだけ……少しだけマーガス様の隣に立つ資格ができた、そんな思いがある。

「そなたのこれからの働きに期待しておる」

「はい。精進してまいります」

なんとか淑女の礼を取り、階段を下りる私へ視線が集中する。いまだかつてこんなにも衆目を集めたことはないだろう。着飾った私がゴシップ誌の書き立てた通りにフォンテン公爵家のもとへ向かうのか、それとも実家であるクラレンス家へ戻るのか。私の行動を見て噂の真贋を確認しようというわけだ。

　私が向かう先は、そのどちらでもない。――マーガス様のもとが、私の戻る所だ。

　まっすぐマーガス様の所へと向かった私を見て、わずかなざわめきが起こった。どういうことだ、と困惑の視線が突き刺さるけれど、私はもう臆さない。マーガス様の瞳を見れば、怖いことなんて何もないのだ。

「立派だった。惚れ惚れするほどに」

「ありがとうございます」

　お礼の言葉を述べたと同時に、マーガス様が少しかがんで、私の頬に口づけをした。

「⁉」

　嫌なわけではない。けれど、人前で急にそのようなことをされるとはまったく予想していなかったので、顔が真っ赤になり、心臓が破裂しそうなほど、ドキドキと脈打っている。

「すまない。嫌だったかな」

「い、いいえ。驚きは、しましたけど……」

「次の記事では、ぜひとも本当のことを書いてもらいたいものだ」

　もちろん、マーガス様の行動に仰天したのは私だけではなかった。ざわめきはどんどん大きくなり、説明を求める人々の視線が私たちに集中する。

「まあ、はしたない。妹が妹なら姉も姉ね。公爵家に取り入るのはお手の物というところかしら」

ホールいっぱいに冷たい声が響き渡り、あたりは水を打ったように静かになった。声の主は王の傍らで、私をじっとりとした瞳で見つめていたセレーネ王女だ。

「アルジェリータは今、このマーガス・フォン・ブラウニングの婚約者です。彼女に対する侮辱は、全てブラウニング公爵家への侮辱とみなします」

セレーネ王女が椅子を倒さんばかりの勢いで立ち上がり、私とマーガス様を睨みつけた。周囲はざわついているが、マーガス様がまとう雰囲気は静かな湖のように穏やかだ。

――覚悟を決めてらっしゃるのだわ。

マーガス様が何を言うのかまでは私は聞いていない。ただ、今日、全ての謎と、全ての悪縁が断ち切れるのだ。

「マーガス、あなたは私と結婚するのよ？　婚約の事実、この場の全員が知っているわ」

「婚約は破棄する。と申し上げ、正式に書面で受理されております。王女殿下に他人の結婚について口を挟む権利はないと存じますが――まあ、婚約破棄の事実を周知することを殿下が妨害したのですから、皆様の困惑も仕方ありますまい」

周囲のざわつきがより大きくなっていく。

「……そのアルジェリータは、老ローラン・フォン・ブラウニングの後妻として連れてきた娘でしょう。目を覚ましなさい、マーガス。祖父と孫の痴情のもつれなんて、誇り高きブラウニング家にはふさわしくないわ。今なら許してあげる」

「後妻？　痴情のもつれ？　何を仰られるのやら。我が祖父、ローラン・フォン・ブラウニングはとうにこの世を去っておりますが」

マーガス様がしれっと事実を口にして、あたりは時が止まったかのように静まり返った。

「は……？」

さすがのセレーネ王女も、この切り返しは予想していなかったようで、開いた口が塞がらなくなってしまったようだ。

「ど、ど、どういうことよ……！」

王女の問いに、マーガス様はわざとらしいため息をついた。

「私とて、めでたく厳粛な式典の場を乱そうとは考えてはおりませぬ。しかし、王女殿下が語れと仰るならば、このマーガスも不得手ながらお話しさせていただきましょう」

周囲の興味は、あっと言う間に私から、マーガス様とセレーネ王女の間に何があったのか、ということに完全に移った。

貴族だろうが、一般市民だろうが、中身は同じ人間だ。性格はそう変わらない。そう、ゴシップ好きなところは皆同じ。しかも、今日の語り部は今までゴシップとは一番縁遠いような人間……マーガス様が自らお話しされるのだ。興味を引かれないわけがない。

「待て。マーガス、先ほどの言葉は真実か」

真っ先に口を開いたのは国王陛下だ。

「はい。我が祖父であり、グランジ王国十七代元帥を務めました祖父ローラン・フォン・ブラウニングはちょうど二ヶ月前、この世を去りました。家中の騒動が収まるまでは伏せておくようにとの遺言がありましたため、ご報告が遅れましたことを謹んで謝罪申し上げます」

マーガス様は懐から一通の手紙を恭しく国王陛下に差し出し、臣下の礼を取った。私もまたそれに倣う。

「うむ……確かに、ローランの筆跡。薄々感づいてはおったが、そうか。終戦の喜びに水を差したくないとの想いがあったのじゃな。頑固者のあいつらしいことよ」

「はっ。申し訳ありません」

陛下は手紙を読んで顔をしかめたが、お怒りではないようだ。

「よい。ブラウニングの男のすることじゃ。して、マーガスよ。家中の騒動というのは……結婚のことかね？」

「はい」

マーガス様の横顔は、いまだかつて見たことがないほどの、満面の笑み。

「さきほど皆様に祝福していただいたこちらの女性――アルジェリータ・クラレンスを我が妻にと考えております」

「どういうことよ！」

真っ赤な顔をしたセレーネ王女がドレスの裾を翻しながら、私とマーガス様に詰め寄ってきた。

「場を引っかき回すのはやめなさい、マーガス・フォン・ブラウニング。アルジェリータにはね、フォンテン公爵家から結婚の申し込みが来ているの。美しい話に水を差すなんて、あなたのするべきことではないわ」

「してませんよ」

と、集団の中から声がした。

フォンテン公爵令息だ。見違えるように立派な青年貴族の姿に戻っているので、声を聞かなければ本人だと気が付かなかった。

「ダグラス・フォンテン。情けない死にぞこないの分際で茶化すのはおやめなさい！」

「ただでさえ情けない男だと酒の肴になっていると言うのに、その上横恋慕の濡れ衣まで着せられては、黙ってはいられませんよ。死人ではなく口があるのですし……ね」

怒髪天を衝く勢いのセレーネ王女に対し、フォンテン公爵令息は穏やかで、自虐を含んだ洒落まで言う余裕があり、それを聞いて思わず笑ってしまう人も何人か見受けられた。

「確かに彼女に命を救われ、大切な騎竜を癒やしてもらいましたが——戦友と女性を取り合うほど暇ではありません。何かあれば駆けつけるつもりではいますが、今はその必要はないかと」

フォンテン公爵令息はにっこりと微笑んで、胸元に手を当てた。騎竜の羽根をあしらった飾りがついている。青みのある羽根はラルゴのものだ。表彰式に顔を出せるまでに回復したのだから、きっと今日もラルゴで乗り付けたに違いない。また彼に会いたいけれど、私は人妻になるのだから、よその騎士と騎竜を見てにやにやはできない。

「セレーネ王女、今後はあることないことをゴシップ誌に吹聴するのはおやめください。フォンテン公爵家と連名で異議申し立てをさせていただきますので」

「何よそれ、そんなの知らないわ！　だって、命の恩人なら好きになって当然じゃない？　わたくしはその噂話に少し乗っただけだわ。勘違いしても仕方がないじゃない――それに、他の人を好きになったから婚約を破棄するだなんて、ひどいわ。わたくしが何をしたって言うの？　先に婚約していたのはわたくしなのよ」

セレーネ王女の瞳から、宝石のような涙がこぼれた。けれど、マーガス様にはまったく響かなかったようだ。

「順番が逆です。アルジェリータが好きだからあなたとの婚約を破棄したのではありません。セレーネ王女、あなたのことが嫌いだからです」

古今東西、一国の王女の目前で「あなたが嫌いです」と言い放った男性は存在するのだろうか。私はおそらく、生きている間にマーガス様以外に出会うことはないだろうと思う。

「ふ、不敬な……！　何をもって、わたくしをそのように侮辱するの！」

セレーネ王女の顔色は赤くなったり青くなったりで、とんでもなく忙しい。

「……セレーネ王女。あなたに問いたいことがある」

マーガス様は、再びゆっくりと口を開いた。

あたりがしんと静まり返り、全ての人がマーガス様の一挙一動に注目する。

「あなたは、ウェルフィンを――私が兄弟のように大切にしていた騎竜を、捨てましたね」

その問いかけに、ざわめきがあったがすぐに収まった。騎竜はグランジ王国では大切に敬うべき生き物とされている。王侯(おうこう)貴族といえど、適切な対応を取らなければ厳しく非難され、信頼を失う。

「す、捨てただなんて。どうしてわたくしがそんな非道なことをしたと思われるの？」

ごまかしてはいるけれど、セレーネ王女は明らかに狼狽(ろうばい)している様子だ。

「私が戦場から戻り、ブラウニング公爵邸(こうしゃくてい)へ向かうと、祖父から預かった騎竜であるウェルフィンの姿がなく、その上ウェルフィンの世話を任せていた使用人まで解雇(かいこ)されておりました。家中の者に聞き取りをしたところ、王女殿下がウェルフィンをいずこかへ運び出し、そのまま彼は行方知れずになったと涙ながらに告白してくれました。彼を……どこへやったのですか？」

今度はセレーネ王女が答えなければいけない番だった。

「だ……だって、仕方ないじゃない、わたくしに懐かなかったし、獣臭いもの。降嫁するなら、ブラウニング家のものは全てわたくしのものでしょう？　お庭をもっと綺麗にしたかったのよ――王女より騎竜を優先するなんて、そんなのおかしいでしょう？」

「家族だとしても、ですか？」

「家族……しょせん役目を終えた家畜じゃない！　それに、ほら！　フォンテン公爵だって、息子の騎竜を森に捨てたじゃないの！　何が違うのよ！　お金を払って、下賤な人間に世話をさせる。他の家もやっていることよ。わたくしが責められる謂れはないわ。誇り高いブラウニング公爵家であればこそ、新しい考えを取り入れていくべきよ」

「婚約前に条件を申し上げたはずです。騎竜を同じぐらい大事にしてくれるならば、と。家族に危害を加えられ、おとなしく引き下がるとあればそれこそブラウニングの名折れ」

　マーガス様の視線はセレーネ王女、そしてその肩越しの国王陛下に注がれた。

「うむ……そうさな。ウェルフィンは亡きローランの相棒で、元帥の騎竜として国民の尊敬を集める騎竜であり、ブラウニング家は騎竜を大事に扱う家系。お前も重々承知していたと思っていたが……」

「そ……その時は、どうせすぐ死ぬと……でも、全然死なないし、よぼよぼなのに凶暴でわたくしにはまったく懐かないし……とにかくあの目が……じっとこちらを見透かすような目が薄気味悪くて嫌だったのよ。だから専門家に世話をしてもらおうと……」

「あなたが使用人を鞭で打ったことに抗議のうなり声を上げた。それが凶暴ですか？」

騎竜は確かに気が荒いが、群れへの帰属意識が強く、一度仲間と認めたものは守ろうとする。ウェルフィンのように誇り高い騎竜ならば尚更だ。

「そ……それは……」

「ウェルフィンはその身をもってあなたと結婚してはいけない、と教えてくれました。ですから、婚約を破棄いたしました。その後誰と結婚しようが、私の勝手です」

「そ……そんなことで、王女のわたくしに恥をかかせる？　王族と公爵家の縁談を破棄できると思っているの！」

「できました。法治国家ですから」

「バッカじゃないの！　たかが家畜よ、しかも役立たずの！　王女のわたくしとは、比べるのも不敬よ、それなのに！」

「バカで結構。愚かな私には王女様のお相手は到底務まりません。では」

……売り言葉に買い言葉とは、まさにこのこと。マーガス様のそばでまるで影のようにたたずんでいる私に注目する人はもう誰もいない。みんな、この一世一代の喜劇を一言残らず暗記して、それぞれの家で語らねばならないから。

「わたくしを怒らせて、ただで済むと思っているの⁉」

「どうぞ。公爵家に生まれただけの男です。野に下っても大した違いはありますまい」

「やめぬか、セレーネ」

この場で二人の喧嘩を止められるのは、やはり国王陛下しかいないようだ。

「国内に残りたいというお前の意思を尊重して、婚約にこぎ着けたと言うのに、お前という奴は。……公爵家に降嫁できぬとなれば、約束通り、お前を他国に嫁がせねばならぬ」

「いや……！　いや、いやよ！」

陛下の言葉に、セレーネ王女は泣き叫んだ。悲痛な声は気の毒ではあるけれど——家の庭に騎竜がいるのが嫌だとなれば、どのみちマーガス様との結婚は上手くいかないだろう。

次はポルカが同じ目に遭うかもしれないのだし。

「そんなの嫌です、お父様！　どうして私が生まれ育った国を出て、年老いた男の側妃にならなければいけないのですか！」

どうやら、セレーネ王女はマーガス様への恋慕というよりは、自己の身の保身のために公爵家に嫁ぐことを希望していたようだ。となると、私たちの出番はもう終わったようだ。

「行こう、アルジェリータ」

「はい——」

マーガス様は国王陛下とセレーネ王女から目を逸らし、私に微笑みかけた。

「待ちなさい、アルジェリータ！」

マーガス様の手を取ろうとした時、背後から私を呼ぶ声がした。両親だ。手紙を無視しているから、直談判も致し方なし、と言うところだろうか。

「あ、アルジェリータ。我が家の誇りよ。父と母に挨拶もなしとは、冷たいじゃないか」

フォンテン公爵家の財産を望めなくなった今、マーガス様の妻の座につこうとしている私を逃す手はない、ということだろう。父が私の手を摑もうとした時、マーガス様が私を庇うように進み出た。

「私の婚約者に触れないでいただこう」

「あ、アルジェリータは私たちの娘ですよ……！」

母が両手を合わせ、縋るように、上目遣いでマーガス様を見上げた。けれど、マーガス様は眉一つ動かさない。

「手切れ金は支払ったでしょう？　私は言ったはずだ、この金額で娘さんに関する一切の権利を譲り受けたい、と。アルジェリータに関する全ての権利は、この私、マーガス・フォン・ブラウニングにある。私が自分の領域を害されるのが何よりも嫌いであることは、先ほどの一件であなたがたも十分におわかりかと思うが」

「そ、それは……」

マーガス様にじろりと睨まれて、両親はすくみ上がった。納得のできないことには王家相手でも刃向かう彼の姿を二人とも目撃したはずだ。どんなにお金に汚かろうが、権力欲があろうが、マーガス様に逆らう度胸はないだろう。

「お話は以上でよろしいか？　――行こう、アルジェリータ」

「アルジェリータ、お前のような子は公爵様とは釣り合わない。必ず後悔する。悪いことは言わないから、うちに戻ってきなさい。体の調子がよくないのは本当なんだ――また、家族で一緒に暮らそう。この世界でたった一つの、血を分けた家族じゃないか」

その言葉に立ち止まり、振り向く。

「……お父様、お母様。お二人にはルシュカがいるでしょう？　自慢の娘、大事な家族は私ではなかったと思いますけれど」

「ルシュカは……」

両親が言い淀んだ瞬間、ルシュカの甲高い叫び声が聞こえた。そちらの方を見ると、ルシュカがデリックと何やら揉み合い、言い争っているようだった。どうやらデリック名義で購入した宝飾品を婚約破棄するなら返せ、いや返さない、なら結婚して一緒に働いて返済すべきだ、それは嫌……の堂々巡りになっているようだ。

「公爵になれないあんたとなんか結婚するわけないじゃないっ！」

人目も憚らずに泣き崩れたルシュカを慰める人はいない。公爵家の財産をあてにして、盛大な結婚式の案内状をばらまいた後のはずだけれど、これからどうするつもりなのか。

借金が残ったとしても、魔力がなくなるわけではないのだから真面目に働けばいいだけなのに……と口を挟みたくなるけれど、それは余計なお世話だろう。とうの昔に私とルシユカは違う家の人間なのだから。

「……まあ、ルシュカの話はいいです。それでは」

——私は意を決して、俯いた顔を上げた。にっこりと、記憶に残るように、満面の笑みを二人に向ける。……両親が私を産んでくれたことには感謝しているけれど。

「……さようなら！」

こんなにも強烈な笑顔を両親に向けるのは、物心ついてから初めてかもしれない。今、私ははっきりと自己主張して、思いっきり笑うことができる。それも全て、この家から解放されたからだ。

マーガス様の手を取って広間を抜け、外へ出る。マーガス様が指笛を吹くと、遠くでポルカの鳴き声がした。

何回か瞬きをするうちに、ポルカがマーガス様の部下——軍にいる時のお世話係を引きずりながら姿を現した。

「駄目よ、ポルカ。ゆっくりよ」

手で合図をすると、ポルカは少しだけ手加減をしたらしく、お世話係は体勢を立て直した。あの一件から、なんだかんだ私の言うことを前より聞いてくれるようになった。

「すっかり暴れ竜を手懐けてしまって。参ったな」

「これが仕事ですから。——私のこと、自分のペットだと思っているのかもしれません」

「……ぎー」

ポルカは立ち止まり、仕事は終わったの？　とでも言いたげに首を上げて城を見つめた。

「もういい。貰うものは貰ったし、言うことは言ったからな」

私たちが去った後、中で何が起きているかは——きっと、次号のゴシップ誌を読めば書いてあるだろう。

「ポルカ、乗せて！」

懐に隠し持っていた干し林檎を見せると、ポルカは仕方がないわねぇ、と言わんばかりに足を曲げて腰を落とした。

「随分気を許しているな。少々妬ける」

「油断できませんよ、ポルカだもの」

「確かにな」

二人乗りをしてからマーガス様が足で合図をすると、ポルカはゆっくりと、優雅な足取りで王城を出た。

エピローグ

「君にはいつも迷惑(めいわく)をかける」

と、ポルカに揺(ゆ)られながらマーガス様は言った。

「迷惑なんて、一度もかけられていません」

「さすがに何らかの処分を受けるかもしれない。爵位を剥奪(はくだつ)されるとかな」

可能性がないとは言わないけれど、国王陛下はマーガス様の味方に思えた。セレーネ様の絶望具合を見ると、本当に他国に嫁(とつ)がされるのかもしれない。罰(ばつ)を受けるとしたら、セレーネ様の方だろう。

「……むしろ、そうだったらいいのにって思いました」

「公爵(こうしゃく)位がなくなってもか?」

「だって、もしそうだったら。好きな所へ行って、好きな仕事ができるでしょう?」

別に困ることはないのだ。私にはやりがいのある仕事もあるし、多少は癒(い)やしの魔法(まほう)が使えるようになったし、マーガス様は騎竜便(きりゅうびん)でもやればいい。……そう願ったところで、部下の方たちが放っておかないと思うけれど。

「公爵夫人以外の仕事の方が、気楽でよいですし、ね」

冗談を言うと、マーガス様はくしゃりと笑った。少年のような笑顔は、初めて見る顔だ。マーガス様も私と同じように、問題から解放されてすっきりとした気持ちでいてくれるのなら、これほど素敵なことはない。

「ありがとう。――こんなに情けなくて、煮え切らない態度で君を振り回したのに……そう言ってもらえて、嬉しい」

「……ぎー……」

立ち止まったポルカが身をかがめて、退屈そうに道端の草を食べ始めた。

「俺たちのせいで胸やけをしている、とでも言いたいのか?」

「かもしれませんね」

「ぎっ!」

別にそんなことはないわよ、とばかりにポルカは首を起こして、身震いをした。マーガス様の合図で、ポルカは矢のように駆け出す。

どこへ向かっているのか、尋ねなくてもわかる。ウェルフィンのお墓に行くのだ。

「そういえば、どこで騎竜の乗り方を?」

ポルカがどんなに速度を上げても私が臆する様子がないので、マーガス様はとうとう私が抱えている最初で最後の秘密に切り込んできた。

「実は、騎竜の里にいる時に。本当はよくないのですけれど……ウェルフィンが練習をさせてくれたんです」

「ウェルフィンが……歩くことも難しくなっていたのに……」

もう隠し事は何もない。そっと、懐に忍ばせていたウェルフィンの羽根を取り出した。優しい騎竜は、私が病の痛みを和らげてやると、お返しのつもりだったのか、背中に乗せてくれるようになった。

「まるで、教えがいつか私の役に立つと信じているかのように、根気強く練習に付き合ってくれました」

「ウェルフィン……」

マーガス様は私の手に自分の手の平を重ねて、そっとウェルフィンの羽根を撫でた。

ウェルフィンはとても立派な騎竜だったから、高位貴族に飼われていたのだろうとは思っていたけれど、騎竜を愛しているマーガス様が目の届かない所に彼を追いやるとは思えなくて、二人の関係が私の中でつながることはなかった。でも、いつも話は単純なものだ。それがわかるまでに、結構な遠回りをしたけれど。

ポルカは荒ぶることもなく、しっかりとした足取りで夜の荒野を駆けていく。

「ウェルフィンは祖父が昔乗っていた騎竜で、俺の兄のような存在だった。祖父と両親は仕事熱心で、いつも領地経営のために屋敷を空けていて、祖母は早くに亡くなり、俺は一人っ子。けれど、そばにはずっとウェルフィンがいた」

「そうだったのですね……」

「祖父は責任感の強い人だったから、自分の相棒たちは寿命まで面倒を見た。俺が一際懐いていたから、ウェルフィンは別邸ではなく公爵家の庭で過ごしていた。戦争に向かうことになった時——帰った時にはウェルフィンが出迎えてくれる、それまでは待っていてくれると思っていた。けれど、屋敷に戻った時、庭はもぬけのからだった」

セレーネ王女はマーガス様が不在の間、自分の新しい住み処として公爵邸に色々手を加えていて、屋敷の使用人はもちろん、マーガス様のご両親にも異を唱えることができなかった。

「貴族だから愛がない相手と打算的に結婚するのは当然だと覚悟はしていた。けれど、大事にしているものをぞんざいに扱われることがあるなんて、想像もしなかった」

「だから、婚約を破棄したのですね」

「ああ。ウェルフィンを見つけることは簡単だった。けれど、俺が向かった時は、すでに彼は葬られた後だった。……絶望した。弱っている祖父には、とても言い出すことができない——墓の前で途方に暮れていると、最後の記録だと、日誌を渡された」

騎竜の里では世話係と預ける人が直接顔を合わせることはない。けれど亡くなった時は連絡が行くようになっているから、私は担当している騎竜ごとに日誌をつけていた。

ある日、私が仕事から戻った時には、ウェルフィンの日誌はなくなって、代わりに花と林檎が供えられていた。やってきた青年が涙ぐんでいたと聞いて、もう会うことはないだろうけれど、ウェルフィンにはちゃんと家族がいたのだ、と安心したのを覚えている。

「日誌を読んで、最初は、親切に看取ってくれた人への感謝の気持ちしかなかった。きっと恨んでいるだろうなと思っていたが、病を抱えながらも最後を安らかに過ごせたと聞いて少しだけ、なぐさめになった。君の癒やしの力が、歩くこともできなくなっていたウェルフィンを癒やして、最後まで生きる力を与えてくれたんだ」

「そうだったら、いいのですけれど」

感謝しなければいけないのは私の方だろう。騎竜の里で守られて、多くのことを教わり、生きていく力を与えてもらったのだから。

「何度も日誌を読み返しているうちに、どうしても世話係と直接話がしたくなって、俺は再び騎竜の里へ向かった」

「その時にお声をかけてくだされば」

「ウェルフィンを捨てた薄情者だと軽蔑されるかもしれないと、勇気が出なかった」

マーガス様があんまりにも真剣な声で言うので、思わず少し笑ってしまった。

「そんなことは思いません！　家で騎竜を看取る人の方が少数派なんですから……」

「俺は君のことになると、冷静な判断力を失ってしまう。朝日の中で、騎竜の手綱を引きながら、優しく語り掛ける君は、まるで女神のように美しくて、声が出せなかった」

ボロボロの、土埃にまみれた私を見てそう感じるなんて、きっと、その時は、あんまりにも日差しがまぶしかったのだと思う。

「感謝の気持ちを込めて、話す機会を作ろうとお礼の品を送ったのだが……それが全て寄付扱いになってしまって、訪れるたびに真剣な顔の施設長が出てくるものだから、俺は不純な動機でここにいるんだ……と言い出すことができなくなってしまった」

「莫大な支援をしてくださっていたという若様は、マーガス様だったのですね」

施設長が若様、若様と言うから若い貴族なのだとは思っていた。『今日は偉い方が来る。さぼっているところを絶対に見られてはいけないぞ！』なんて真剣な顔で言うものだから、どんな厳しい方なのかと思ってみんな一心不乱に仕事をしていたのを覚えている。

「遠くから君を見つめているうちに、彼女が家にいてくれればいいのに、と思うようになった。騎竜を大事にしてくれるから……もちろん、それだけじゃない。傷ついた騎竜や人に寄り添ってくれる、そんな温かい気持ちを持つ君のことをもっと知りたい、と感じて、何度も声をかけようとした。けれど君は仕事に誇りとやりがいを持っていたし、何より……婚約者がいた」

「……」

もし、デリックがルシュカの誘惑に屈しなかったら、私とマーガス様は出会うことなく、他人のままだったのかもしれない。そう考えると、皮肉なものだ。

「セレーネ王女がまだ納得していないのはわかりきっていたし、婚約者がいるなら仕方がない。この感情を抑えて、アルジェリータ、君の幸せを祈ろうと思った。そんな折に、フォンテン公爵家の養子縁組の話題を小耳に挟んだ」

マーガス様は私より早くデリックについての情報を得ていたらしい。

「消息不明のダグラスの手がかりを見つけられなかったことが申し訳なく、フォンテン公爵とはよくお話をさせていただいていたのだが——その名前を聞いて驚いた。この男はアルジェリータ・クラレンスの婚約者だ、とな」

ポルカの歩みがゆっくりになった。もうすぐ森の入り口だ。他の騎竜の匂いがするからだろう、慎重に馬車道のあとを辿って進んでいく。

「初めは、あのアルジェリータが夫人となって家督を相続するのならそれも悪くはない、と自分を納得させようとしたのだが、調べているうちに、その……君の妹とな」

マーガス様は森にいた私と違って、デリックとルシュカが接近していく様を見かける機会があったのだと言う。まさか堅物で有名らしいマーガス様がゴシップに興味深々で、ずっと二人を観察していたなんて、誰にも想像ができなかっただろう。

「二人の親密さは、色事に疎い俺の目から見ても明らかだった。しかしそれと同時に好都合でもあった。公爵家の養子になろうが、親が決めた婚約者だろうが、とにかく君にとって不適切な人間だと判明しているのだからな。決心した俺は、祖父のもとを訪ねた」

「ローラン様はなんと？」

ウェルフィンを人知れず喪ったことが、もしローラン様の寿命を縮めていたとしたら、あまりにつらい話だ。

「ウェルフィンが粗末に扱われた事実は腹立たしく、許しがたい。けれど、ウェルフィンの命を懸けた最後の教えを無駄にするな。それから、お前は極度の馬鹿だ。伯爵家の令嬢が自ら進んであのような大変な仕事に就くわけがないのだから、今度はお前が彼女の力になってやるのだ、この朴念仁が、と」

「情に篤い方だったのですね」

「クラレンス伯爵家が君をひどく扱っていることはわかっていた。あの家と縁続きになるのは癪だ、最後に一芝居打ってやろうじゃないか、そうしたらあの世でウェルフィンにいい土産話ができる、と祖父は笑った」

――こうして、あの回りくどい契約書が作られ、私はマーガス様と巡り合うことができた、という話だ。

「初めから、ウェルフィンのことを話してくだされば……」

自分で言うのもなんだけれど、最初からそう言われていたら、滅相もありません、と私は逃げ出した気がする。

「それが中々……。ウェルフィンのことを思い出すと、どうにも冷静に話せる自信がなくて。君が俺に興味がないのは明らかだったから、まずは話して仲を深めようと……そうしたら、騎竜の話ばかりに」

「私もマーガス様とお話をするのに、共通の話題が……と思うと、いつも騎竜の話になってしまって」

似た者同士、と言われてもピンとこなかったけれど——そうなのかもしれないと、二人で笑う。

ポルカは森の中を進み、里へ向かう本道から逸れた小さな道へ入った。その先にあるのは、ウェルフィンのお墓だ。騎竜は今の肉体を捨て、大地に還る。だからお墓と言っても、墓標のない草原に、沢山の花が咲いているだけだ。

今も綺麗に手入れが行き届いていて、端っこでは私が植えた林檎の木が記憶より少しだけ、伸びていた。

「ウェルフィン、久し振りね。今日はマーガス様も一緒なの。と言っても、あなたの方が詳しいわね」

声をかけると、まるで返事をするかのように風がそよいだ。マーガス様はじっとお墓を見つめて黙っていたけれど、やがてゆっくりと口を開いた。

「ずっと、すまなかったと思っていた。けれど、今は……俺を導いてくれてありがとうと伝えたい」

人生に別れはつきものだ。でも、その後には必ず新しい出会いがやってくる。私たちはそういう風にして、これからも一緒に生きていくのだろう。

「君もだ、アルジェリータ。……出会えてよかった」

「私こそ、ありがとうございます。見つけてくださって」

マーガス様は跪き、私の手を取った。

「改めて。この私、マーガス・フォン・ブラウニングの妻になってくれないだろうか。一生涯、君だけを愛すると誓おう」

「はい、喜んで。……私も、マーガス様のことを、愛しています」

「……ありがとう」

マーガス様は、嬉しそうに微笑んで、私を抱きしめた。少し驚いたけれど、私は彼を愛していて、彼は私を愛しているのだから、つまりは両思い。だからもう、遠慮なんてしなくていいのだと、背中に腕を回した。

マーガス様の妻の座も、ポルカのお世話も、これからの人生で出会うだろう騎竜のお世

話も、全部全部、私のものだ。そう考えるとやることが沢山で、とても楽しい生活になるだろう――そんな希望で胸がいっぱいだ。

「誠心誠意、頑張って勤めさせていただきますね」

「お互いにな。俺は、これから君のよき夫でいるために何をしたらいい？」

「お話をしてください」

「話？　何の？」

「嬉しいことも悲しいことも、全部。マーガス様のお話を、聞きたいのです」

終

あとがき

この度は「魔力がないからと面倒事を押しつけられた私、次の仕事は公爵夫人みたいです」をお手にとっていただき、誠にありがとうございます。

マイペースに小説を書き始めて六年目にして、紙の小説本を出す事ができました。

それも憧れのビーズログ文庫。喜びもひとしおです！

この話を書く時のテーマは「キャラの名前に濁点を入れよう」でした。

「女の子で濁点の入った長い名前と、短くて男性的で、強そうな名前！」と考えて思いついたのが、アルジェリータとマーガスでした。そこから「森にでっかい生き物と住んでいる赤い髪をまとめた女の子」のイメージが浮かんできて、最終的にこのお話になりました。

読者の皆様、すばらしいイラストを担当してくださった秋鹿ユギリ先生、この作品を見つけて下さった担当編集さん、本作の制作・販売に関わってくださった全ての方に感謝を申し上げます。

この作品はコミカライズ企画も進行中です。またどこかでアルジェリータとマーガス、そしてポルカを見つけた際には、ふたたびお手に取っていただけると嬉しいです。

■ご意見、ご感想をお寄せください。
《ファンレターの宛先》
〒102-8177 東京都千代田区富士見 2-13-3
株式会社KADOKAWA ビーズログ文庫編集部
辺野夏子 先生・秋鹿ユギリ 先生

●お問い合わせ
https://www.kadokawa.co.jp/（「お問い合わせ」へお進みください）
※内容によっては、お答えできない場合があります。
※サポートは日本国内のみとさせていただきます。
※Japanese text only

魔力(まりょく)がないからと面倒事(めんどうごと)を押(お)しつけられた私(わたし)、次(つぎ)の仕事(しごと)は公爵夫人(こうしゃくふじん)らしいです

辺野夏子(へのなつこ)

2024年 7 月15日 初版発行

発行者　山下直久
発行　株式会社 KADOKAWA
〒102-8177 東京都千代田区富士見 2-13-3
（ナビダイヤル）0570-002-301
デザイン　永野友紀子
印刷所　ＴＯＰＰＡＮクロレ株式会社
製本所　ＴＯＰＰＡＮクロレ株式会社

ISBN978-4-04-738054-7 C0193

定価はカバーに表示してあります。
◇◇◇